AF473360

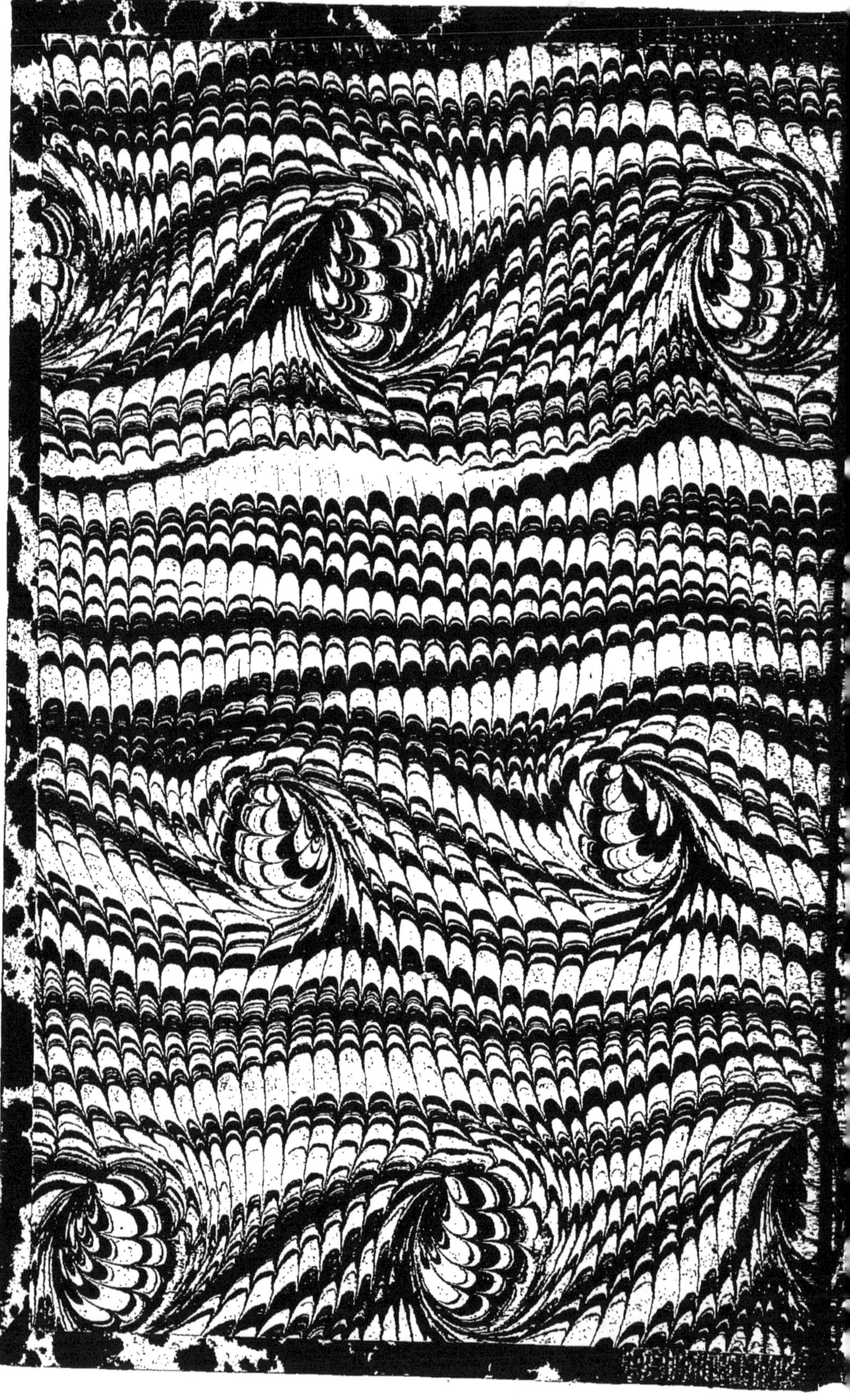

MARCUS ACCIUS PLAUTUS

La Farce de la Marmite

Traduite par

LAURENT TAILHADE

Frontispice d'E. Gabard

PARIS
LIBRAIRIE LÉON VANIER, ÉDITEUR
A. MESSEIN, Succr
19, QUAI SAINT-MICHEL, 19

1909

La Farce de la Marmite

Représentée pour la première fois sur le Théâtre national de l'Odéon
le 27 Janvier 1907.

A LA MÊME LIBRAIRIE

DU MÊME AUTEUR

La Noire Idole. Etude sur la morphinomanie. Plaquette in-12. 1 fr. 50

La Corne et l'Épée. Plaquette in-12 . . . . . . 1 fr. 50

Sous presse :

Souvenirs littéraires. In-12 broché. . . . . . . 3 fr. 50

SAINT-AMAND (CHER). — IMPRIMERIE BUSSIÈRE.

MARCUS ACCIUS PLAUTUS

La Farce de la Marmite

Traduite par

LAURENT TAILHADE

Frontispice d'E. Gabard

PARIS
LIBRAIRIE LÉON VANIER, ÉDITEUR
A. MESSEIN, Succr
19, QUAI SAINT-MICHEL, 19

1909

IL A ÉTÉ TIRÉ DE CET OUVRAGE :

10 exemplaires sur Japon impérial numérotés de 1 à 10 et 15 exemplaires sur Hollande de 11 à 25.

N° 

A ANDRÉ ANTOINE

Son admirateur et son ami,

L. T.

LIMINAIRE

Quand, après les expéditions d'Afrique, d'Espagne ou de Macédoine, après les jours de Zama ou de Cynocéphales — ayant vaqué aux religions héréditaires, aux cultes civils et domestiques — le Romain prenait place au théâtre, gagnait, franchissant terrasses, portiques, et couloirs superposés en labyrinthe, le degré qu'à chacun attribuaient son état, son rang, et sa fortune, un spectacle grandiose et le plus beau du monde s'offrait à ses regards.

Sous les généreuses clartés de la sixième heure, le théâtre en hémicycle (formé par des gradins, comme à Bayreuth ou dans les places de taureaux espagnoles), étageait sur ses bancs de marbre, de pierre ou de bois blanc, tous les Ordres composant la Société romaine, depuis les Consuls vêtus de pourpre, les Sénateurs embossés dans leurs toges à bandes écarlates, les magistrats : Questeurs, Ediles et Préteurs, les Vestales aux cheveux noués par un ruban de laine et couvertes d'un long manteau, les ordonnateurs du jeu, les notables commerçants pavanés dans leurs fauteuils d'orchestre, jusqu'à la Populace en vêtements de couleur sombre, en tunique brune, en sayons de laine mal odorante, troupeau d'hommes sans relief et sans poids confondus sous le nom de *pullati*, les habillés de noir.

Cette cohue effervescente, houle diaprée, où se mélangeaient esclaves et gens libres, autochtones et pérégrins, occupait les derniers rangs des *mænaniana*, se juchait au plus haut des promenoirs, escaladait le portique abrité, dominant sur l'amphithéâtre, où les spectateurs, qui n'avaient ni parasols, ni litières, cherchaient, en cas de pluie, un abri mesuré parcimonieusement.

Les Chevaliers se distinguaient par leur anneau du populaire, du Sénat, par l'angusticlave, étroite garniture de pourpre qui décorait leur *indumentum*.

Ils avaient, depuis bientôt quatre siècles, droit aux stalles de balcon juste au-dessus de l'orchestre, cependant que le Sénat trônait au premier rang, face à face avec les comédiens et touchant presque au *pulpitum*, qui n'était autre chose que la « rampe » d'aujourd'hui. Sur leurs têtes, le commun des citoyens, les femmes du vulgaire, les artisans et les soldats. Plus haut encore, la Plèbe, les mareyeurs, les maçons, les gargotiers en plein vent, tout le petit monde qui, pour assister à la performance, désertait les boutiques, l'usine et l'atelier.

En face d'eux, la scène, muraille d'architecture composite, développait suivant l'étendue entière de l'hémicycle trois étages ornés de frontons, de niches et de statues. Au rez-de-chaussée, une ou plusieurs portes, figurant la demeure des principaux rôles, donnaient aux acteurs l'entrée et la sortie. Au fond, les magasins d'accessoires, les loges de la troupe, le vestiaire.

Nul rideau. Nulle machine. Parfois seulement, à ce décor immuable, des toiles peintes ajoutaient l'illusion d'une campagne en fleurs, d'un bois, de l'Océan.

Les trucs glissaient comme aujourd'hui, dans des rainures pratiquées, à cet effet, entre les planches de la scène. Comme elle n'avait aucune profondeur et que l'on ne pouvait accommoder nul praticable à l'architecture qui servait de fond, tout le geste se déroulait sur un plan unique. Les personnages ne variaient guère. C'étaient les pasquins d'alors : Pappus, Maccus et Priape émigré depuis sous le nom de Karagueüz aux pays barbaresques, tous ancêtres latins des Pulcinella, des Stenterello dont s'honore la *comedia del arte,* masques et visages que, deux mille ans plus tard, l'on rencontrait, sur les places de Rome ou prenant part, avec les rois détrônés, au Carnaval de Venise.

Les comédiens qui s'adonnaient encore à la tragédie informe des anciens poètes gardaient les faux visages, le masque immobile du théâtre grec. Dans les porte-voix adaptés à leurs bouches, ils clangoraient les imprécations d'Œdipe, la plainte d'Antigone, les cris de la vieille Hécube hurlant sur le rivage de la mer. Cependant les histrions étrusques venus dans Rome, à peu près un siècle avant le début des premiers comiques, se contentaient pour divertir le bas peuple, d'un maquillage grossier et des moins recommandables oripeaux.

Au début de la seconde guerre punique, la littérature latine, tant par l'état du langage que par celui des idées, ne dépassait guère le niveau des lettres françaises au XVe siècle. Trasimène, le Tessin et Cannes évoquent les défaites d'Azincourt, de Crécy et de Poitiers, cependant que le style d'Ennius, de

Pacuvius et de Caton l'Ancien, les apparente à Froissard, à Nicolas Oresme, à Juvénal des Ursins. Et si l'on veut pousser plus loin l'analogie, le théâtre de Plaute apparaît, après la défaite de Carthage, comme en France, la *Moralité de Maître Pathelin* se montre vers la fin du siècle, après que le grand Louis XI a fondé l'unité nationale, préparé au monde un âge plus clément de richesse et de paix.

Vers le temps où Plaute fit représenter sur la scène les ouvrages qui le mirent en crédit, Rome vivait un glorieux moment de son histoire. L'âme italique s'épanouissait en un printemps sacré (1). Déjà le Capi-

(1) « Cependant, avec l'esprit mercantile, avec la puissance mondiale et le cosmopolitisme, la culture intellectuelle progressait et c'était là une dernière et terrible force de dissolution de la vieille société... Ces tentatives littéraires commencées depuis un demi-siècle, aboutissaient enfin, au milieu du ferment de ce renouveau ethnique, intellectuel et social de Rome, et par l'entremise d'écrivains sortis de ce monde cosmopolite, à la création des premières œuvres suffisamment originales et complètes pour pouvoir être ensuite admirées comme classiques. L'Ombrien Plaute écrivit, dans une langue saine et puissante, les plus belles comédies latines. De la Calabre à demi grecque, vint, à Rome, le père de la littérature, Ennius, qui introduisit l'hexamètre dans le Latium, mit en vers l'histoire de Rome pour flatter l'orgueil de ses protecteurs et écrivit un traité sur la bonne cuisine pour satisfaire leur gourmandise. Un peintre et poète de Brindisi, Pacuvius, composa des tragédies qui demeurèrent longtemps célèbres ».
Guglielmo Ferrero, *Grandeur et décadence de Rome* (Trad. Urbain Mengin), Plon-Nourrit, édit.

tole dominait sur le Monde. L'esprit exalté par tant de victoires et de bonheur devançait l'âge prospère où, deux cents ans plus tard, ayant clos à la fois luttes civiles et guerres extérieures, la Paix romaine dicterait des lois à l'Univers, où, ceints du laurier prophétique, les poètes, entonnant le *Chant séculaire*, attesteraient à la Ville triomphante l'éternité de sa grandeur. La flotte de Carthage détruite, l'Espagne et la Sicile reconquises, Annibal, après trente-cinq ans de campagnes et d'efforts magnanimes, exilé sur la côte africaine, l'hégémonie acquise à Rome, la Méditerranée arrachée aux peuplades syro-arabes, la conquête latine imposant, pour des siècles, au monde sémitique la domination des aryas et le triomphe des dieux occidentaux : voilà quels sujets d'orgueil Rome proposait aux citoyens assemblés. Et bientôt, vers l'Orient, une déroute suprême enchaînait à la Loi romaine le monde intellectuel, faisant de l'Attique une province du Latium, tandis que l'Hellade ensevelissait pour toujours ses dernières espérances et jusques au nom même de la liberté dans le sépulcre de Philopœmen.

Une rude et forte joie animait les vainqueurs, une gaîté qui ne demandait qu'à s'épandre, qui goûtait les farces énormes, n'ayant peur ni du mot propre ni des situations véhémentes. Ces hommes avaient regardé la Mort de près; ils avaient faite plus grande la terre des aïeux. Ils buvaient à pleine coupe la douceur de vivre et joyeusement ils riaient à la Vie toute nue, de ce rire intrépide, ce rire qui est la grâce des poètes et la vertu des forts.

Au lendemain du triomphe, quand l'Africain refusa magistratures et sacerdoce, ne voulant conserver, en témoignage de la délivrance, que ce glorieux surnom, un homme non pas même du peuple, un homme de la plèbe, un pauvre à qui rien ne fut épargné des humiliations de la dette et des tourments de l'esclavage, Marcus Accius Plautus, donna une voix à l'allégresse populaire, en fit sa chose propre et la porta vivante sur la scène, avec son humour, son pittoresque, sa drôlerie et sa rusticité.

Nos habitudes, nos préjugés, notre scolastique nous font envisager les classiques, les « auteurs » comme une espèce de monstres ayant vécu hors du temps et de l'espace, n'ayant écrit leurs ouvrages qu'avec la sournoise pensée et le vouloir ténébreux d'infliger à leurs arrière-petits-fils des thèmes, des versions et des pensums.

La manière dont les écoliers sont appelés à commenter les textes ne leur donnent jamais l'impression d'un artiste vivant, derrière ces Lettres deux fois mortes. Combien d'entre nous, sur les bancs du collège, à travers les feuillets moisis par la main rudanière des cuistres, combien d'entre nous ont communié de la poésie antique, entrevu, derrière ce fatras, le sourire mélancolique d'Horace, le geste pontifical de Virgile et, parmi les invectives en tempête, le regard clair de Juvénal ?

Cependant la Comédie est un art de fête.

Elle naquit au crépuscule, un soir de vendémiaire, parmi les danses et les chœurs. Sa gaîté jaillit du pressoir avec les écumes enivrantes et les parfums du vin nouveau. Fille de Bacchus Dithyrambe, elle fut, d'abord, une ode alternée où, titubant un peu, chaque buveur apportait son brocart où son couplet.

Mais elle grandit, se développa dans une enfance merveilleuse d'Heraklès ou de Pantagruel. En peu de temps, le génie idolâtre de la Grèce eut bientôt fait d'incarner les pasquils des vignerons, de les transmuer en personnages plastiques et vivants.

Epicharme, Eupolis, Cratinus, dont Horace a gardé les noms, firent de la comédie un organe de la vie civile, un instrument politique, un pouvoir qui dans Athènes, pays de discussion ouverte et d'ombrageuse démocratie, imposa sur les fronts les plus hauts son domaine, jusqu'au temps où, « les Charites, cher-« chant un sanctuaire indestructible, trouvèrent l'es-« prit d'Aristophane ».

Sous la main du poète, la comédie atteint d'abord sa perfection. Comme la statuaire grecque, elle fixe à jamais le canon de la beauté. Dans cette minute incomparable du monde qui va de Salamine aux Trente tyrans, un artiste véritablement souverain donne au langage comique sa forme la plus colorée et la plus belle. Il prodigue les chefs-d'œuvre. Il fouaille de cuisantes lanières les démagogues, les tribuns qui vivent aux dépens du bonhomme Peuple, leur éternelle dupe, les faiseurs, les charlatans, les femmes en mal de législature et les juges affamés de procès. Il raille Socrate avec la clairvoyance d'un esprit résolument conservateur, acharné à défendre la Cité grecque dans ses lois, dans ses mœurs et dans ses dieux. Tant de sagesse néanmoins ne l'induit pas à oublier l'ode primitive et le pressoir écumant d'où Thalia surgit, un beau soir, au milieu des pampres écrasés.

Ses chœurs mêlent toutes les voix éparses, tous les

bruits de la Nature, depuis le vague soupir des Nuées jusqu'au bourdonnement des Guêpes sur « la belle prairie de Marathon ». Les grenouilles coassent ; le rossignol, « en cadences légères, pleure le sort d'Ithys » ; les Initiés aux Mystères célèbrent les fêtes nocturnes de Iacchos. Et le poète lui-même semble un bacchant, un faune, un demi-dieu lascif enivré de joie et de lumière qui, la barbe humide encore de miel ou de raisin, tour à tour, danse la pyrrhique guerrière et la cordace amoureuse devant la nudité sacrée des Nymphes, sous le regard bleu et chaste de Pallas.

Avec *Plutus*, dernier poème d'Aristophane qui subsiste dans nos mains, la Comédie ancienne achève sa carrière.

En 404, la guerre du Péloponèse a pour couronnement la victoire de Lacédémone. L' « infâme Lysandre » asservit au joug la démocratie athénienne. La tyrannie impose au pamphlet politique un silence de mort. Elle chasse de l'Agora la Muse éloquente et vengeresse. Une vertu, la plus haute ! se retire du poème comique, restreint désormais aux généralités vagues, aux études blafardes, à la clinique des caractères et des mœurs. Le grand vieillard qui

... le soir, devant l'Académie,

Posait sa large main sur sa tempe blanchie
A l'ombre du smilax et du peuplier blanc

a pour toujours fermé ses lèvres d'or. Cent ans après lui; cent ans avant Plaute, l'ingénieux et froid Ménandre établira le scénario définitif de la Comédie nouvelle, celui que dans leurs essais maladroits, adopteront Nœvius, Livius Andronicus, où Plaute logera son exubérante fantaisie et sur quoi le fade Térence brodera maints pastiches ingénieux. C'est là donnée uniforme et de peu d'intérêt, l'enfant perdu, puis retrouvé, le vieillard berné par un esclave trop subtil ou par une courtisane experte dans son art, le fils de famille qui, grâce au meilleur des usuriers, prélève sur l'hoirie paternelle un formidable avancement, l'erreur sur la personne et, pour parler comme je ne sais plus quel grimaud dans l'*Ecole des femmes* : l'agnition, la protase, l'épithase et la péripétie, toujours les mêmes et n'offrant qu'un assez médiocre intérêt.

Le seul Nœvius qui vivait aux temps de la première guerre punique, bien qu'il conservât le cadre de la Nouvelle Comédie, entreprit de l'orienter vers la critique sociale.

Démocrate et plébéien, il insulta publiquement le

grand parti des Nobles et des Riches, s'attaqua aux Scipions, aux Metellus, avec une virulence tout aristophanesque. Il n'eut pas lieu de s'en réjouir, car l'exil fut bientôt le prix de ses irrévérences. Les patriciens l'envoyèrent, à peine âgé de quarante ans, mourir dans une île du Péloponèse, deux ans à peine avant que l'auteur de la *Marmite* naquît dans une bourgade obscure de l'Ombrie.

Après avoir connu bien des fortunes, après avoir mangé son patrimoine dans des spéculations désastreuses, des spéculations de poète ; puis, vendu comme esclave à la diligence d'un créancier qui professait les mêmes opinions que la *Loi des douze tables* sur la contrainte par corps, après avoir tourné la meule d'un moulin, Marcus Accius Plautus obtint de la Muse comique le rachat de son génie et de sa liberté.

Il avait coudoyé les types de la rue, il avait fréquenté la moins bonne compagnie et vécu dans les bas-fonds. Par le bien visé, par la crudité joviale du mot, par l'évocation nette des milieux, le théâtre de Plaute fait songer tour à tour aux couplets sur le vif d'Aristide Bruant, aux dialogues d'Henri Monnier, aux historiettes du comte de Caylus.

Adoptant le fade scénario, les ressorts usés de la

Moyenne Comédie, avec un relief incomparable et des trouvailles sans fin, Plaute met sur pieds des figures hautes en couleur et du réalisme le plus dru. Sa verve abonde en images populacières. Nul mieux que lui ne connaît la crapule romaine, le monde peu recommandable de Suburre et d'ailleurs. Soldats fanfarons, parasites, marchands de femmes, proxénètes, mineurs ivres de leur puberté, ruffians, courtisanes, vieillards libidineux, pères imbéciles et vierges peu intactes, ce monde grouille et remue, intrigue, mange, vole et fait l'amour avec une prodigieuse intensité. Quand, d'un trait rapide et net, il campe les fêtards surannés, les gâteux qui vendent leurs ânesses pour subventionner des belles-de-nuit ou s'épouvantent des fantômes qui hantent leur maison ; quand il note les impertinences des demoiselles de luxe envers leurs sœurs moins appointées, quand il débride la joviale canaillerie et la loquèle imperturbable des esclaves à tout faire, des Dave, des Milphio, des Curculio, Plaute regorge d'esprit, d'observation et de gaîté. La sève jaillit et la belle humeur la plus dure, et la fantaisie, et les détails savoureux.

Il n'écrivait pas — et cela tout de suite appert de ses libres allures, de son entrain, — il n'écrivait pas seulement pour le monde officiel ou, comme, après lui, Térence : pour les « Romains hellénisants ». Il n'écrivait pas seulement pour le peuple romain des Comices et du Forum, pour cette avare féodalité de grands propriétaires, qui, lentement, annexa l'univers au *latifundia* du terroir italiote et de qui les gestes, les vertus soi-disant républicaines sont, depuis trois siècles au moins, en possession d'alimenter la faconde, le style soutenu des tribuns et des rhéteurs. *Gens togata*, Quirites ou pompiers, Plaute n'écrivait pas seulement pour les Romains de David. Il écrivait aussi pour la plèbe de Rome (*fex Urbis*, *lex Orbis*) pour les esclaves, les chauffeurs d'étuves, les garçons de bains et les *pedisequii*, pour les muletiers, les geindres et les porteurs de chaises, pour les débitants de miracles, pour les diseurs de sorts et les entrepreneurs de fausses couches, pour les capucins de la Bonne Déesse, pour les montreurs d'ours et les hydrophores, pour la hurle qui bourdonnait, en plein midi, au poulailler du Cirque, dans une puanteur de crasse, de bulbes odoriférants, de pommade à la rose et d'incongruités ; pour les tenanciers de lavoir, les croque-morts et les rinceurs de cadavres, pour cette engeance anonyme, vulgivague et malodorante qui s'emplissait de fève et de pois, dégorgeait son intestin contre le socle de Diane Triviale, rôdait, la nuit, sous les pins des cimetières et s'accouplait avec les peaux à deux oboles, tantôt sur une pierre tumulaire, tantôt dans la moite chaleur des fours publics. Il écrivait encore pour les vieilles dames qui minaudent aux loges d'avant-scène, pendant que le hérault embouche sa trompette et que, sous couleur d'accompagner la voix du comédien tantôt à gauche, tantôt à droite, suivant le thème de la pièce, les flûtes bourdonnent comme des abeilles en fureur. Et ce n'est pas tout. Il fallait conquérir l'audience du Public, au moment même où l'ouvreur — c'est le prologue du *Carthaginois* qui l'atteste — afin de caser un retardataire, fait lever les gens assis, pendant que l'histrion s'époumonne sur le plateau. Que dis-je ? Il fallait plaire aux matrones qui, telles que les abonnés de l'Opéra, ne cessaient de rire et de bavarder sans la plus vague discrétion, pendant tout le spectacle, aux oisifs ayant dormi trop longtemps après la sixième heure et rechignant d'avoir à se tenir, comme un héron, sur une patte, aux valets de pied, aux chasseurs, aux petits clercs, aux marchands de billets qui, pendant l'entr'acte, se ruaient dans les tavernes afin d'y gober des tartes au fromage toutes chaudes et sortant du four. Un tel auditoire ne demandait pas à « être respecté », mais diverti. Plaute n'a ménagé dans ses poèmes ni la gaîté ni l'irrespect. Il ignorait les demi-mots, les restrictions égrillardes, les allusions, tout le petit manège des sous-entendus cochons, de l'impudeur au compte-goutte, des obscénités à double entente où se complaît la luxure pharisaïque, l'hypocrisie uniquement verbale du bourgeois contemporain.

A l'exemple d'Aristophane son divin aïeul, il montre les personnages de sa fable dans leur saine, robuste et joyeuse nudité.

Cette libre complexion, qui délecta les hommes de son temps et ne fut pas jugée indigne de la majesté romaine, a, depuis la Renaissance, couvert de confusion interprètes et commentateurs.

Acharnés à le traduire, les savantasses l'ont trahi, fardé, plâtré, musqué, adonisé empêtré de feuilles de vigne et de tutus vérécondieux. De Mme Dacier à Joseph Naudet, ce ne sont que périphrases, bandeaux sur l'œil, cataplasmes, robes montantes et caleçons de chasteté. Les professeurs — laïques ou jésuites — guindés et melliflus, animés, les uns et les autres, d'une égale pudeur, ont couvert nombre de seins que l'on ne saurait voir. Ils ont fait du théâtre de Plaute une manière de *sanatorium*, un restaurant à l'usage des dyspeptiques, un estaminet de tempérance d'où sont exclus avec rigueur les mets épicés et les vins généreux.

Ils ont transmué ses floraisons vivaces en un jardin botanique plein de chicots herbacés de feuilles moribondes. En revanche, les étiquettes d'émail, les hampes de laiton croissent abondamment et décorent ce pourpris. Inflige leur luxuriance d'humiliants contrastes à la précarité du végétal. C'est presque aussi respectable qu'un herbier. Ni parfum, ni couleur, pas d'oiseaux, pas d'insectes, de vilaines bêtes comme les ciccindèles ou les papillons. Rien, sinon quelques fiches d'une incontestable propreté. Les hommes doctes, mi-partie hiérophantes et concierges, préposés aux bonnes mœurs, aux belles manières, dans le Square des Langues Mortes, ne sauraient admettre qu'un flâneur, un intrus, une espèce ne méritant pas même le nom de paléographe, s'outrecuide au point de glaner myosotis et primevères, au point de rechercher la vie, et les herbes, et les gramens, et les feuilles odorantes parmi la distinction de leurs piquets.

La traduction de la *Marmite* offerte à votre jugement constitue un de ces attentats envers les élégances et le « bon français » des messieurs dévolus à l'éducation de la jeunesse. C'est une tentative de reconstitution ingénue et sincère. On a cru intéressant de rénover dans la mesure du possible et — *mutatis mutandis* — pour une farce de Plaute, ce que Lamennais a fait pour la *Divine Comèdie*, Leconte de l'Isle pour les Poèmes homériques et les Tragiques grecs.

Tenter de restituer au vieux comique le mouvement, la drôlerie et le pittoresque dont une longue suite d'incolores versions l'a dépouillé, retrouver sous le badigeon et les empâtements, sous l'enduit pédagogique les arêtes vives et les hardis contours ; emprunter à l'argot ses formules concrètes, ses images, ses tropes éclatants, ses contrastes et ses raccourcis ; ne reculer ni devant l'archaïsme ni devant le modernisme de l'expression ; garder cependant les formes du langage, les mœurs et les décors latins ; ne franciser ni les vêtements ni les ustensiles ; se garder aussi bien de pudeur intempestive que de brutalité superflue ; oser tout dire, calquer parfois le texte avec la plus étroite minutie et, parfois, l'interpréter de la manière la plus libre ; attribuer à la populace une part légitime dans l'héritage plautinien, telle fut l'ambition génératrice d'un ouvrage exposé à n'avoir sans doute pour lui ni les personnes du monde qui ne lisent guère plus avant que la *Croix-de-par-Dieu*, ni les érudits professionnels qui reprocheront à la comédie ainsi comprise un manque fâcheux de gravité. Ces excellentes gens qui passent leur vie à friser au petit fer, à ganter, à pommader les Dave et les Milphio comme s'ils devaient sous peine de la hart les présenter, le soir même, chez Mme Dieulafoy, ne sauraient admettre une pareille inconvenance.

Mais la chose importe peu si le traducteur ne s'est pas égaré dans les mauvais chemins, si, guidé par une curiosité sincère d'humaniste, par un fervent amour de l'Art, il a touché le but que se proposèrent ses désirs.

*
* *

La *Farce de la Marmite,* que les traducteurs, les catalogues de librairie et la plupart des bacheliers s'obstinent à nommer l'*Aululaire,* d'un mot qui possède le rare avantage de n'être ni latin ni français, donne la peinture d'une lésine furieuse tournée au cas pathologique et voisinant avec le gâtisme dans les radotages d'un vieillard.

C'est à Plaute que Molière doit la trame de son *Avare* et le plus clair de ses bons mots : le « sans dot » d'Harpagon, les « beaux yeux de la cassette » et le monologue fameux : « Au voleur ! à l'assassin », pâle

2

et faible copie de la scène où le maigre thésauriseur de Plaute hurle son désespoir.

Le culte de Molière est, en France, une religion nationale, son buste, un fétiche, une idole, un manitou que l'on est contraint d'admirer si l'on fuit le désaveu, la réprobation, le blâme universel.

Des gens, notoirement dépourvus de lettres, qui n'ont lu ni *Psyché*, ni *Don Juan*, ni *La Comtesse d'Escarbagnas,* parlent de Molière comme d'un parent éloigné, mais épiphane, dont ils reçoivent quelque gloire implicite et qui les ennoblit de ses rayons. Ils disent : « Molière, *notre* Molière. » Ils divulguent, par cet adjectif possessif, leur enthousiasme, leur extase, les débordements de leur indicible amour.

Vous pouvez attaquer les rois, les dieux, les institutions politiques, les ambassadeurs et le préfet de police. Vous pouvez, sous couleur d'accommoder au goût du jour le bon Aristophane, saucer les ministres dans la boue, insulter leurs femmes avec des mots dont rougiraient les clients de l'assommoir. Vous pouvez même contester les vers de Mme de Noailles, les épinards de Francis Jammes et ne pas égaler à Shakespeare M. Francis de Croisset. Vous pouvez tout cela. Mais si, quelque jour, vous prenez la peine de dire que les matassins du *Malade imaginaire* et les lavements de *Pourceaugnac* vous soulèvent le cœur ; si vous ajoutez que les raisonneurs de Molière vous font bâiller aux larmes et que le *Misanthrope* a reculé, au théâtre, les bornes de l'ennui ; si vous confessez que l'éternelle préconisation du terre-à-terre, des vertus moyennes, de la cuisine, de la médiocrité bourgeoise vous rendent l'auteur des *Femmes savantes* désobligeant et même odieux, vous déchaînerez une tempête (1).

(1) Le rire que suscitent les farces de Molière procède toujours de la bassesse ou de la méchanceté. Nous jouissons parce que Scapin, enfermant au fond d'un sac le père soucieux de ne pas servir la débauche d'un fils, le meurtrit de coups. Il nous plaît que ce vieillard, résistant à la bassesse des instincts éclos en sa progéniture, soit, pour sa vertu et sa prévoyance, bâtonné.

Avec le tapissier Poquelin nous nous moquons des jeunes savantes, quand elles veulent conquérir une âme et sortir de l'ignoble matérialité que prône le bonhomme Chrysale. Nos espoirs aussi souhaitent un pot-au-feu délectable et d'adroites reprises à nos chausses. Si le *Bourgeois gentilhomme* tente d'affiner ses manières d'ennoblir son geste et ses habitudes, Molière l'offre encore à notre dérision. Que le marchand s'occupe de drap et qu'il se ravale aux goûts de sa servante ! ou nous rirons.

« Agnès, de sa fenêtre, voit passer un imbécile en falbalas qui la salue. Elle descend, comme une gourgandine, au deuxième appel. C'est charmant. Le tuteur survient pour réprimander. Tenez donc votre joie, si c'est possible ! L'étonnant

Vous serez traité d'imbécile, de mouchard, d'embasciscœte et l'on imprimera tout vif le nom du boursier cosmopolite qui vous dispense l'or de l'étranger.

ridicule, celui de cet homme pour qui l'instinct ne semble pas admirable, et que révolte le fait de s'unir comme les chats, les pigeons et les chiens, au hasard de la rencontre !

« Suivons, au cours de l'œuvre, la morale admise par ce fabricant de parades foraines : il nous convie pour les bravos lorsque l'épouse manque à la parole du mariage. Il bafoue Sganarelle, comme si la honte et le ridicule n'étaient pas pour échoir à celle qui se dément afin de satisfaire une convoitise animale. Et nous rions du mari confiant parce qu'il a respecté sa femme, au point de la croire pourvue de noblesse et de loyauté...

« Alceste a tort devant Célimène. Au délicieux sonnet d'Oronte, il oppose le refrain d'une niaise chanson populaire, comme type de l'art : « J'aime mieux ma mie ! » Splendide opinion ma foi !

L'admirable n'est pas uniquement que l'adulateur de Louis XIV ait promulgué de pareilles sottises. Mœurs de courtisan et théories de baladin appartenaient bien à sa profession. Que la Cour grossière du Roi Soleil, dont Saint-Simon nous dit la puante haleine, la saleté corporelle et les habitudes militaires, se soit délectée, avec la Ville, de ces brutalités, cela n'étonne point le lecteur des *Mémoires*. Mais il est si merveilleux que notre Université conseille à l'adolescence de connaître l'œuvre de Molière.

« On y apprend à rire de tout effort pour s'instruire ou ennoblir l'âme. Manger et boire copieusement, pécher igno-

Molière est comme La Fontaine un souvenir pieux chez les ignorants qui ont fait leurs classes. Ils adorent « *leur* vieux » comique, « *leur* vieux » fabuliste, comme

blement, satisfaire l'instinct aux dépens de l'esprit et de loyauté, railler qui tente de savoir ou de vaincre l'abjection des sens : voilà ce que vante, dans son ensemble, le labeur illustre du tapissier royal.

« Ni philosophie ni prestige de langage ne relèvent l'abomination. Les qualités littéraires y semblent plutôt médiocres, en un siècle où vécurent Racine, Pascal, La Bruyère. Rien pour l'idée pure ! Aucune métaphysique, aucune déduction ! Son *Tartufe*, loué par l'athéisme électoral des marchands, ne devait pas, comme ils l'imaginent, revendiquer la liberté de penser. Molière écrivit ce pamphlet contre les jansénistes de Port-Royal, alors dispersés et vaincus, au bénéfice du clergé indulgent, des Jésuites triomphateurs. Par son moyen, les prêtres de Cour, qui absolvaient l'existence de corps de garde menée par les courtisans de Versailles, rendirent définitivement odieux les penseurs exclus de Port-Royal, les Arnauld, les Nicole, les Sacy, les Pascal.

*
* *

« Pour cela, on a déclaré Poquelin poète classique. Les parents conduisent à la Comédie Française leurs filles et leurs fils en vacances. La tradition du rire barbare se perpétue.

« Cependant Flaubert, ayant voulu que Mme Bovary mourût de désespoir, passe pour un auteur dangereux ; et l'on offre

« *leur* vieil » Horace et « *leur* » Corneille non moins « vieux ». En vous attaquant à Molière vous offusquez leur Evéhémérisme héréditaire, vous portez la main sur leurs plus chères affections. Molière est intronisé parmi les lares et pénates des illettrés. Il est tabou. N'y touchez pas.

Car ce « dieu de la comédie » a non seulement pour champions et thuribulaires les informes bacheliers et ces universitaires « à qui — disait Flaubert — vous « ne ferez jamais avouer que Ronsard est un plus « grand poète que Racine ». Il enrôle parmi ses dévots, et non les moins fidèles, comédiens, gens d'affaires et gens du monde, qu'il dispense de connaître leurs auteurs. On garde encore le mot arraché au prince de Sagan par une représentation de *Turcaret* : « Dé- « cidément, ce Molière, il n'y a que lui » disait, en mettant sa pelisse, au vestiaire, le gentilhomme satisfait. En 1885, Edmond Got faisait hommage de Tartufe à Port-Royal et Coquelin (Constant), un peu plus tard, à la Révolution française.

aux jeunes gens le théâtre de Molière, alors qu'on ne se permettrait pas de leur présenter *Salammbô* ».

PAUL ADAM.

L'Avare, dans ce théâtre glacial et convenu, que l'on admire par habitude grégaire, tient une place d'élection. Il est écrit en prose, dans une langue ferme et vigoureuse. Fénelon, avec uns sens critique inattendu chez l'auteur de *Télémaque*, n'aimait pas les vers de Molière, si maladroits, si gauchement rimés. La prose convient mieux à ce tempérament, à la carrure, au manque de fantaisie, au bon sens vulgaire d'un esprit qui naturellement évite les sommets. Molière est un oiseau gaulois, un coq solidement piété sur ses ergots, coq à la voix robuste, à la crête sanguine, volatile grandi sur le carreau des Halles qui n'a l'aile du cygne ni le gosier du rossignol, mais qui, d'un bec intrépide, gratte le sol des rues tripières, dont il extrait avec bonheur la sagesse rampante et le comique abject.

Dans l'*Avare*, les « stigmates de Plaute » existent en plus grand nombre, d'un choix plus heureux que dans *Amphytrion*. Mais ici, comme toujours, Molière passe à côté, puisqu'il n'oppose à l'infâme Harpagon que demi-vierges, godelureaux allumés sur sa pécune, faisant protéger leurs intrigues par des procureuses, des soubrettes, des laquais et des filous.

*
* *

Plaute avait connu les embarras d'argent. Il avait hanté les prêteurs sur gages, les usuriers, les agents d'affaires, tout ce monde ambigu qui s'enrichit de la ruine et de la misère, trafique à la petite semaine et s'occupe de recouvrements. Il avait fait faillite, escorté des gens véreux qu'attire la mort commerciale, des pilleurs d'épaves, des corbeaux acharnés aux cadavres les plus secs.

Il n'ignorait aucun des maux enfantés par le besoin. Les capitalistes, les vieillards « plus arides que la pierre ponce » l'avait assasiné dans la forme prescrite, juridiquement. Il campa d'original ce fantôme lugubre, ce thésauriseur cocasse et lamentable qui verrouille son appétit et raisonne son estomac plutôt que d'acquérir la substance d'un dîner. Il est permis de supposer que le personnage de l'Estimé n'est pas d'invention pure. Au moment où son négoce périclita, Marcus Accius, peut-être, se rappela des amis, des voisins de sa jeunesse et reprit le chemin de Sarcine, sa bourgade natale. On se le représente essuyant les refus, courbé sous les affronts, descendant pas à pas le dur escalier d'autrui, puis épinglant dans sa mémoire le trait sordide, le détail amusant destinés à le venger. Quoi qu'il en soit, la parcimonie aberrante de l'Estimé a tous les caractères d'une lésine de village. Nous savons d'ailleurs, par le prologue, que, bien que logés à la ville, son père et son grand-père ont vécu l'un et l'autre d'un domaine rural. Ils ont pu se réfugier à Rome soixante ans plus tôt, quelques mois avant la première guerre punique, le grand-père de l'Estimé ayant fait fortune en prêtant à gros intérêts le contenu de sa marmite à des paysans obérés soit par les réquisitions militaires, soit par la mévente de leurs produits.

Certes, les ladres-verts ne sont pas tous agriculteurs ; mais leur passion garde, à la ville, un certain décorum, une décence qui les empêche de courir en haillons, comme fait celui-ci. En outre, les passions fortes s'usent au contact des civilisés. Le mouvement d'une capitale évapore chaque jour un peu de leur concentration. L'Estimé garde, malgré son habitation adventice dans un quartier de Rome, la verdeur paysanne de sa monomanie. Il est bien de la race des laboureurs impitoyables, dont Virgile a parlé, de ces rustiques latins que, deux mille ans plus tard, Léon Cladel a peint de couleurs tragiques et somptueuses :

Sont-ce là des hommes ? On a beau fouiller en eux. On n'y découvre que la cupidité, rien qu'elle ; elle y vit, elle y meurt sans jamais en sortir. Ils estiment qu'il sied de se priver de l'indispensable afin de posséder, au bout de l'an, quelques sous de plus dans le bahut ou quelques autres mottes de terre au soleil.

La cupidité d'Euclio, qu'elle soit urbaine ou rurale, ne mérite guère, semble-t-il, ce nom formidable d' « avarice » que les scholiastes lui ont donné.

L'avarice et la lésine, encore que procédant, l'une et l'autre, d'un même état d'esprit, se manifestent par des actes si divers qu'on ne les saurait désigner et confondre sous une même rubrique. L'avarice, l'amour des richesses et du pouvoir qu'elle recèle, apparaît comme une des plus fortes passions de l'homme. Comme toutes les passions, elle renferme un dynamisme capable de produire des biens et des maux infinis. Désignez l'avarice par le nom d' « acquisivité », plusieurs qui la tenaient pour une honte, sous le premier vocable, ne seront pas éloignés, après ce nouveau baptême, de la prôner ainsi qu'une vertu. Il n'est pas un homme, gardant quelque respect de lui-même, qui consente à l'épithète d' « avare ». Mais il n'en est pas un qui ne s'enorgueillisse de vouloir faire fortune. C'est l'éloge de l'avarice qu'entonne la *Pœnia* d'Aristophane dans le couplet célèbre de *Plutus*, si par « avarice » l'on entend ce désir légitime et persistant qu'ont tous les hommes d'améliorer leur destinée. Envisagé sous cet angle, on peut dire que l'avare, accumulant sur un point de fécondes énergies, prépare, tantôt à soi-même, tantôt à son lignage, des organes pertinents pour le combat futur.

Mais l'archétype de l'avare, son incarnation péremptoire, dominante et représentative, c'est le général d'armée, l'homme de proie et de conquête, le capitaine victorieux qui disperse les escadrons et déracine les remparts, vide les coffres-forts et déménage les tableaux, razzie aux sauvages leurs troupeaux et leur indemnité de guerre aux civilisés.

Il tue, il incendie, il égorge, il abat sans relâche des têtes humaines pour favoriser une opération de Bourse, pour amener dans ses fourgons la dépouille des vaincus, pour accroître la valeur d'une firme commerciale, pour imposer aux nations une marque nouvelle de tissus ou d'aliments. Le négoce est la raison suprême des guerrières chevauchées. Tant de fanfares, de cortèges, d'étendards préconisent aux peuples déférents les batailles du Commerce, les empiétements de l'Industrie. Et ce n'est pas au fronton d'un temple ni sur une proue de navire qu'il sied d'introniser la Victoire aptère, mais bien sur les marbres d'un comptoir, entre des caisses, des futailles et des ballots de papier gris. Est-il une opération financière plus hardie et plus heureuse que le Blocus continental, assurant à la cotonnade française maints débouchés inattendus ?

C'est l'avarice qui mêle sur les champs de carnage les bataillons enivrés ; c'est elle qui, sur les pas d'Alexandre, dévaste le trésor des Mages à Babylone et s'empare, avec César, du vignoble gaulois. C'est elle — patronne de la Banque et du Négoce — qui, devant l'impartiale Histoire, exalte les états rapaces et les monarques thésauriseurs : Carthage, Rome, l'Angleterre, Vespasien, Louis XII et Henri IV ; elle enfin qui met au service du Commerce les entreprises militaires, accrédite sur les arcs-de-triomphe la vertu des produits industriels, accouple aux gestes des héros les conquêtes de l'Épicerie, unit aux coups d'épée, aux chants de guerre, à l'ondoiement des oriflammes, aux pœans, aux marseillaises, aux bardits, l'hyperbole d'une réclame soutenue, éparpillant tour à tour dans les buccins de la Renommée, dans les trompettes écuméniques de la Victoire, les nom de Bonaparte et de Félix Potin.

L'épargne, le bas de laine, les liards coupés en

quatre, les bouts de chandelle respectés, c'est le maniaque de Plaute, c'est le Pluskine de Gogol, c'est encore le père Grandet, c'est Gobseck au déclin de sa carrière. En effet, le terrible escompteur de Balzac, (de Balzac failli comme Plaute et, comme lui, succombant sous les protêts) a commencé par la cupidité, féroce et magnifique. La soif de l'or, l'avarice maîtresse du monde, c'est Shylock altéré de sang plus encore que de pécune, gardant prisonniers dans ses coffres l'honneur, la vie et la chair même des Magnifiques les plus hautains, des Seigneurs qui crachent sur sa barbe et le fouaillent comme un lévrier.

Ces monstres décoratifs, ces conquérants de l'or appartiennent à l'épopée, à la tragédie. Ils sont dans le comique sérieux, mal à l'aise et la farce, avec sa trivialité quidditive, messied à leur splendeur.

Et c'est pourquoi, voulant égayer le public romain par un conte de lésine, Plaute a fait de son héros un bourgeois acharné aux minuties du grappillage et des petits profits.

Repeint à neuf, voici, derechef, ce poème d'allégresse, avec, peut-être, quelque chose de l'humeur bouffonne qui jadis, l'anima.

Depuis le temps où Rome institua son domaine, vingt siècles ont fui, emportant, pierre à pierre, les monuments et les reliques du passé. Dieux éteints, races mortes, l'Histoire a jeté sur les poussières et les décombres un linceul miséricordieux.

Mais le rire d'Accius Plautus vibre encore dans les perspectives de l'antiquité romaine. Car, plus indestructible que les édifices, les religions et les cités, l'Art brille à jamais d'une splendeur éternelle et vivace. Car la Beauté seule demeure intacte et permanente au milieu des ruines qui s'écroulent, debout sur la Mer des Ténèbres dont le flot caressant vient mourir à ses pieds.

27 décembre 1907, 9 janvier 1908.

LA FARCE DE LA MARMITE

MASQUES DE LA COMÉDIE

	MM.
(*Euclio*) L'ESTIMÉ, barbon.	E. DE MAX
(*Megadorus*) GRAND'LARGESSE, autre barbon.	BERNARD
(*Strobilus*) LETOTON, serf des deux vieillards.	VIOLET
(*Lyconides*) LOUVETEAU, adolescent, fils de Mme Honesta.	CAPELLANI
(*Pythodicus*) LAMOUCHE, maître d'hôtel de Grand'largesse.	DEGEORGE
(*Anthrax*) FEUARDENT, } garçons de cuisine.	VILLÉ
CONGRION, }	DULLIN
	Mmes
(*Eumonia*) Mme HONESTA, sœur de Grand'largesse.	KERWICH
(*Staphyla*) TETTE-LA-GRAPPE, duègne de l'Estimé.	LUCE COLAS

Dans la coulisse : PHŒDRA, fille en couches de l'Estimé.

Porteurs aux halles. Courtauds de magasin. Esclaves.

Chœurs de musique et de danse.

Musique de scène par M. PIERRE KUNK. Chef d'orchestre, M. E. BRETONNEAU.

AU PROLOGUE

LAR, dieu.	JEANNE LION

DÉCOR DE LA FARCE :

Une Athènes conventionnelle faite à l'image de Rome, vers l'an 559, P. V. C. — deux siècles avant l'ère vulgaire — M. Porcius Cato et Valérius Flaccus étant consuls. Un carrefour, site ordinaire de la comédie antique, dans tel quartier bourgeois, le Vélabre, par exemple, ou les Esquilies.

Au premier plan — celle de l'Estimé à droite, celle de Grand'largesse à gauche du spectateur, — les maisons des deux vieillards : hôtel somptueux de Grand'largesse, bicoque en ruines de l'Estimé.

Boutiques de parfumeurs, barbiers, cabarets en plein vent, thermes, fontaines, puis, çà et là, des portiques, des statues, des monuments parmi lesquels, un peu en retrait vers la gauche, un *fanum* sous l'invocation de *Bona fides*. La porte bâille et l'éclairage du sanctuaire permet d'entrevoir le maître-autel.

DÉCOR DU PROLOGUE :

Un coin du parloir, dans la maison de l'Estimé.

L'ouvrage n'est pas divisé en actes ; un seul repos venant après le monologue de l'Estimé, scène 13, in fine.

PROLOGUE

C'est à côté de l'âtre (plate-forme carrée, haute à peine de quelques doigts, où les tisons feutrés de poussière indiquent la place habituelle du feu), le *lararium*, autel des Génies domestiques.

Une sorte de tabernacle, ou de niche ayant de plain-pied accès à quelques marches en demi-lune que pavoisent des fleurs artificielles, des simulacres pieux : le tout agencé de telle manière que, debout au plus haut de l'estrade et la main droite appuyée au bras d'un fauteuil qu'il vient de quitter, Lar puisse aller, venir, descendre de son autel et remonter les degrés d'icelui.

C'est un dieu nain, imberbe, d'aspect falot, tenant de l'éphèbe et du centenaire, un gnome, qui, mille ans plus tard, quand le Christianisme aura démarqué son nom, deviendra le lutin domestique, l'ange tutélaire, le saint éponyme du foyer.

Il est vêtu de la toge, couronné de verveine. Il porte en main un bâton aiguisé pour chasser les voleurs. A part le *lararium*, tout ce que l'on voit du logis offre un aspect délabré, ignominieux et sordide. Au plafond, des toiles d'araignées ; les murs s'effritent ; des plaques de moisissure champignonnent et verdissent dans les coins. Par place, aux fenêtres, des loques misérables interceptent le jour. Dans un angle obscur, entassés pêle-mêle, de la ferraille, des caisses hors d'usage, des lambeaux de papier, toutes sortes d'objets infâmes, tel qu'on en peut ramasser dans les terrains vagues et les cités des chiffonniers.

Au lever du rideau, sur la première marche de l'autel, un encensoir fume encore et s'éteint peu à peu.

LAR (1).

Il descend avec lenteur, d'un pas rythmique, sans autre mouvement que celui des jambes, s'arrêtant par saccades et repartant de même. Il donne vaguement l'impression d'un automate, d'un *pupazzo* qu'anime l'artifice de mécanismes intérieurs.

(1) Au musée Guimet, une danseuse d'Antinoë, affiliée au culte de Mithrâ Leuchiôné, garde, parmi les objets enterrés avec elle, auprès de son chevet, une réduction du *lararium* domestique. « Quelquefois on plaçait ensemble dans le *sacrarium* de la « maison les images des Pénates et du Lar. C'est ainsi que nous les « montrent divers monuments conservés encore aujourd'hui. Ils « formaient un groupe de trois personnages. Au milieu, le Lar, « *vêtu de la toge*. Des deux côtés, les Pénates (*penus*, chambre « des provisions) sous la forme de Génies qui soulèvent une « corne à boire, symbole d'une vie joyeuse et facile. Ces groupes « étaient indifféremment désignés sous le nom de *Lares* ou de « *Pénates*. Les Lares sont représentés sur le denier de Cœstus « (Cohen, méd. consul., pl. 8 ; Mommsen, p. 560, nº 174) comme « des jeunes gens assis avec des bâtons ou des lances ; Ovide, « *Fast.*, 5,137, et Plutarque, Q. K. 51, les considéraient comme « les gardiens de la maison. Tel est aussi le Lar préposé à la « garde du trésor dans la *Marmite* de Plaute. Il est impossible de « se représenter ce Lar sous la forme d'un personnage dansant et « portant la corne à boire qui ne faisait point partie de l'appareil « des sacrifices. Ces symboles conviennent, au contraire, à la « prospérité de la maison à laquelle président les Pénates. »

Joachim Marquardt (traduction M. Brissaud), *Le Culte chez les Romains*. E. Thorin, édit., Paris, 1889.

Au bas de l'autel et se retournant tout d'une piéee, à côté du brûle-parfums, il quitte son épieu.

De peur que quelqu'un ne s'étonne
Voyant ma stature avortone
Dans ce décor de Suétone :

Et qu'un dieu — car je suis un dieu
Comme les autres — soit un peu
Moins grand que huche ou pot-au-feu ;

Si l'on demande pourquoi brûle
Du feu sacré dans la férule
Et pourquoi ma chaise curule :

Aux critiques, snobs ou grimauds,
A vous, fils des divins Gémeaux,
Je le vais dire en peu de mots.

Dans la maison noire et vétuste
Où les rats grignotent les bustes
Des ancêtres, combien augustes !

Je suis Lar, esprit familier
Qui, nuit et jour, sur son pilier,
Garde le coffre et le cellier.

Je suis un dieu sans morgue aucune,
Amusé d'un rayon de lune
Où tourne la phalène brune.

Sur le disque, sur le croissant,
J'aime les moucherons dansants
Et me nourris d'un peu d'encens.

O familiale demeure !
Le gnomon et la chantepleure
M'ont, ici, compté bien des heures.

J'ai pris ma part de vos destins,
Quirites ! J'ai vu les matins
Et les soirs des aïeux lointains.

Or, l'avant-dernier de ces pères,
Après maint négoce prospère,
Cacha de l'or en un repaire :

En un repaire fort discret
Dont, cependant qu'il expirait,
Il me confia le secret.

C'est là, près de la cheminée,
Sous une plaque boulonnée,
Que la pécune est enfournée.

Attat! ! Vaejovis ! Meccastor !
Ce n'est pas un mince trésor,
Mais plein une marmite d'or !

Le vieillard qui dans ma cassine
Mit ce meuble de cuisine,
Etait enclin à la lésine.

Pouacre, fesse-mathieu, grigou,
Il trépassa comme un hibou,
Et son fils n'en eut pas le sou.

Car il trouva dans l'héritage
Un pré — moins vaste que Carthage —
Dont il vécut pour tout potage.

C'était maigre et dur ! Néanmoins,
Pour punir son manque de soins,
Je lui laissai rentrer ses foins.

Il mourut gueusement, la mite
A l'œil et le doigt dans l'orbite,
Sans rien savoir de la marmite.

Le maître actuel du logis,
Son hoir, pignouf dont je rougis,
Envers moi n'a pas mieux agi.

Tous les ans, ce pleutre morose,
De mes honneurs, de ma table, ose
Froidement rogner quelque chose.

Mais la fille du ladre vert
Charme, tel un soleil d'hiver,
Quand fredonne au bois le pivert.

C'est le Printemps et c'est la Joie !
Dans la demeure qui poudroie,
Sans doute, quelque dieu l'envoie.

Je l'aime et suis à sa merci.
Elle m'apporte des soucis,
Des lis et des muguets aussi.

En automne, quand vient la brume
Inerte, mon trépied s'allume ;
Elle m'encense et me parfume.

J'en reçois les honneurs divins,
Des fruits mûrs, du pain sans levain
Et, parfois même, un coup de vin.

Pour fêter son âge nubile,
J'ai fait au père qui jubile
Trouver la dot de ma pupille.

C'est la marmite ! Le patron
Voudrait enjamber l'Achéron,
Sans ôter rien de ce chaudron

Et, pied-plat dur à la détente,
Consumer ses jours dans l'attente
D'un richard que sa fille tente.

Ce phénix est quasi trouvé.
De la mignonne s'est coëffé
Un vieux monsieur très échauffé.

Mais elle — bonne robe — estime
Qu'un garçon vert et magnanime
Vaut mieux que Plutus cacochyme.

Perspicace enfant ! Vœu congru !
Son cher petit cœur s'est féru,
Depuis peu, d'un jeune homme dru.

Ils ont d'une entente parfaite
Et si loin poussé la chosette
Qu'il va falloir une layette.

Le papa n'en sait rien encor
Et mugira comme un butor,
Premier que d'entamer son or.

Bruit à la cantonade. Voix de l'Estimé,

Chut ! c'est lui-même qui bougonne
Dans la souillarde et barytonne
Des impropères à sa bonne.

Il craint de se voir pénétré
Et que la duègne n'ait flairé
La cache où l'or est enterré.

Le bruit se rapproche.

Mais le voici ! Grand bien vous fasse ! je me sauve !
Car cet homme griffu, raquedenare et chauve,
S'il me trouvait ici, jacassant parmi vous,
M'irait au bric-à-brac vendre pour quelques sous.

Le rideau baisse. Lar, à petits pas, remonte les degrés de son autel. Parvenu au sommet, il reprend la pose hiératique du début et se fige dans la plus complète immobilité.

SCÈNE I

L'ESTIMÉ, TETTE-LA-GRAPPE.

L'ESTIMÉ (*déjà hors de sa maison, tire violemment par le bras sa servante et, d'une bourrade, la jette au premier plan*). — Décanille, te dis-je. Fous le camp ! *Herclé !* Fous-moi le camp et va dehors voir si j'y suis. Espionne ! Sac à vin ! Dagorne ! Lourpidon ! Moucharde aux yeux sondeurs !

TETTE-LA-GRAPPE (*elle s'effare, se met en garde, court d'un bout à l'autre de la scène ; après quoi elle prend le parti de se lamenter*). — Oh ! la ! la ! la ! la ! la ! Quel vilain homme ! C'est-il, dieux ! possible de tournebouler comme tu le fais une personne de mon âge, de pelauder ainsi une honnête femme ! Aïe ! Aïe ! Aïe ! Aïe ! Pourquoi me gourmes-tu ? Misérable que je suis !

L'ESTIMÉ. — Pour que misérable tu sois et que tu

goûtes, chienne de fumelle, une chienne de vie égale à tes mérites.

TETTE-LA-GRAPPE. — Pour quelle raison m'expeller de ta demeure ?

L'ESTIMÉ. — A toi, j'irais — moi ! — rendre mes comptes ! postérieur ensemencé d'aiguillons ! Veux-tu quitter l'ostière et t'en venir ici ? (*Il montre l'espace libre devant la maison.*) Ici, faoutre ! Mais voyez-la marcher ! Sais-tu bien, coquine, de quoi il retourne pour ta gueuse de personne ? *Herclé !* si je prends, aujourd'hui, soit une fuste, soit quelque épine, je développerai, n'en doute pas, jusqu'au galop de course ton amble de tortue.

TETTE-LA-GRAPPE (*à part*). — Plaise aux dieux que les dieux me traînent au gibet ! Mieux vaut la potence que l'esclavage réglé par un tel pacte auprès de toi.

L'ESTIMÉ. — Mais voyez comme ronchonne la mégère, toute seule avec soi. Moi, *Herclé !* je t'arracherai, m'entends-tu bien, peautraille sans vergogne ? ces yeux que voici afin que tu ne me puisses enquêter ni, dorénavant, t'immiscer dans mes actions. Au large ! faoutre ! au large ! Encore, encore ! (*Tette-la-Grappe est, à présent, colimaçonnée devant la rampe et semble disposée à s'enfuir dans l'orchestre.*) Stop ! Ne grouille plus ! Fixe, te dis-je ! *Herclé !* Si de la place où je t'ai mise, tu t'éloignes d'un travers de doigt ou de l'épaisseur d'un ongle ; si tu prospectes derrière toi jusqu'au temps que je t'en aie baillé congé, *herclé!* je te mets sur l'heure en apprentissage emmi les fourches de la croix.

(*A part.*) Je sais pertinemment qu'il ne se peut trouver au monde rien d'aussi pendard que la vieille guenuche. *Herclé!* j'ai peur que sa fallace ne colporte des bruits, des bruits... et ne tende quelque embûche à ma simplicité. (*En confidence.*) Je crains qu'elle ne flaire la custode où... (*il regarde avec effroi autour de lui, puis à mi-voix*) mon trésor est encloti. Elle porte — cette gale très pernicieuse — un œil, un œil jusque dans l'occiput. A présent, j'irai voir si l'or qui, de plusieurs façons, inquiète ma misère, est toujours à la place où mes soins l'ont caché. (*Il rentre dans sa maison.*)

TETTE-LA-GRAPPE (*seule*). — Non, *mecastor!* je ne peux me représenter quelle toquade ou quelle vésanie afflige le patron. Ah! ma chère! quelle calamité! dix fois, en vingt-quatre heures, il me flanque mes huit jours. Dieux de Dieux! je ne sais quelle intempérie excite son humeur. Chaque nuit il fait vigile. Par contre, aussi longtemps que dure le jour, comme un savetier boiteux, il reste, de l'aube à la vêprée, assis dans la maison. Et puis si vous saviez la chose épouvantable! Comment obvier à ce malheur et déguiser l'état de mademoiselle, quand la pauvre petite est sur le point d'accoucher? Allons, je n'ai plus qu'à me pendre et à me suspendre en forme d'I, avec une ficelle au cou.

L'ESTIMÉ (*est ressorti pendant les derniers mots du couplet de Tette-la-Grappe. A part*). — A présent, l'esprit enfin purgé d'angoisse, je sors de mon domaine, ayant constaté que tout est sauf dedans. (*A Tette-la-Grappe.*) Rentre au logis et plus vite que ça ! Garde l'intérieur.

TETTE-LA-GRAPPE (*elle guoguenarde*). — Que je garde l'intérieur ! Ah ! ça ! Mon petit père ! est-ce que tu redoutes de voir les tire-laine emporter l'édifice ? Car nulle autre sorte de chevance n'est à la portée, ici, des cambrioleurs ; car, dans ton immeuble, *eccastor !* c'est le vide, ce sont les toiles d'aragnes qui forment le plus constant du mobilier.

L'ESTIMÉ. — Trois fois empoisonneuse ! J'admire si, pour tes beaux yeux, Jupiter ne me transforme en roi Philippus ou Darius. Mes aragnes à moi, j'entends, moi, les conserver. Pauvre je suis. *Eheu !* je le confesse. Pourtant je me résigne et ce bienfait des *Consentes*, mes aragnes, je le garde avec piété. Rapplique vite. Barricade la porte. Je rentrerai sous peu. Prends bien soin de n'admettre dans l'édifice quelque étranger que ce soit. Que si un quidam vient quémander du feu, je prétends que tu l'éteignes, dans la crainte de fournir un prétexte à mendigoter ici. Donc, si le feu vit à mon retour, c'est toi que j'éteindrai, sans épiloguer davantage. *Item*, si l'on vient quérir de l'eau, atteste qu'elle a fui. Tranche-lard, pilon, mortier, doloire, ustensiles qu'empruntent les voisins à tout bout de champ, tu diras que des voleurs se sont introduits chez nous et les ont dérobés. Assurément, j'exige que personne, en mon absence, ne pénètre au logis. Entends-tu? C'est au point que si *Bona Fortuna* vient cogner à la porte, je te défends d'ouvrir.

TETTE-LA-GRAPPE. — *Pol!* elle-même, n'en doute pas, aura cure qu'on ne l'introduise. Jamais, elle n'approcha dans aucune saison le taudis où nous sommes.

L'ESTIMÉ. — Silence et fous-moi le camp.

TETTE-LA-GRAPPE. — Je me tais et m'en vais.

L'ESTIMÉ. — Pousse, pour fermer l'huis, l'un et l'autre verrou, je rentrerai sous peu. (*Tette-la-Grappe s'en va*). Je suis crucifié dans mon esprit d'avoir ainsi à quitter la maison. *Herclé*! je m'en vais à contre cœur. Mais j'ai le nez creux. Notre *magister curice* (1)

(1) Expression tout à fait inconnue en dehors de ce passage. « M. Wagner conjecture avec probabilité que ce doit être la tra- « duction de quelque mot grec : τριττυάρχης.

« C'est d'ailleurs un trait de la vie athénienne. Les distributions « d'argent étaient beaucoup plus fréquentes à Athènes qu'à Rome, « où l'on n'en vit guère qu'au temps des empereurs ». Note de l'édition Parnajon-Sommer (Hachette).

La fonction de *magister curice* étant purement imaginaire, il m'a paru convenable de garder la forme latine et de ne pas traduire plus qu'un nom quelconque de monstre fabuleux ou de divinité.

annonce qu'il va distribuer des *nummus* d'argent à tous les hommes de sa circonscription. Or, si je fais fi de cette aubaine, si je m'abstiens de la réclamer, tous, en un clin d'œil, soupçonneront — la chose est manifeste — que j'entrepose de l'or en ma demeure. Quelle apparence, en effet, qu'un homme besogneux déprise même cette bagatelle et ne se dérange pas autrement lorsqu'il pourrait toucher ne fût-ce qu'un *nummus* ?

Et déjà, combien que minutieusement je cèle mon secret, chacun m'en paraît informé. Chacun me salue avec plus de bénignité qu'autrefois. Ils m'abordent, s'arrêtent, n'en finissent pas de me donner la main. Ils s'enquièrent de ma santé, de mes occupations, de mes affaires.

Néanmoins, je cours là-bas, puisque me voilà parti afin de réintégrer au plus vite mon chez moi.

Il s'en va.

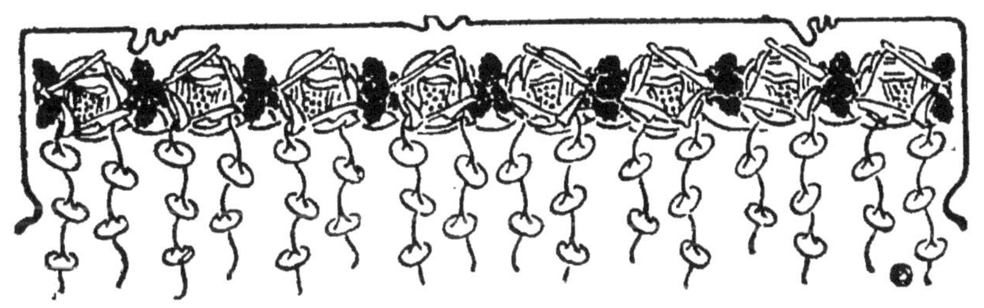

SCÈNE II

GRAND'LARGESSE. MADAME HONESTA

MADAME HONESTA. — Je voudrais, frère, que tu tinsses pour véritable ce que je dis à toi. Sache donc que mes discours n'ont d'autre source que la foi que je te porte, d'autre objet que tes plaisirs, comme il convient au propos émanant d'une sœur germaine. Je n'ignore pas que l'on nous reproche d'être souvente fois un peu bavardes et crampons. On dit justement que, nous autres femmes, abusons de la loquèle et que, de la préhistoire à ce jourd'hui, oncques nul ne trouva de fumelle muette. Quoi qu'il en soit, frère, songes-y. Nous sommes l'un à l'autre nos plus proches parents. Aussi bien est-ce à bon droit que tu veilles sur ma personne et que je veille sur toi-même en réciprocité, que mutuellement nous nous ouvrons l'un à l'autre avec franchise, quand notre bonheur ou nos intérêts sont en jeu. Ni fausse honte, ni discrétion mal entendue. C'est pour cela que je t'emmène à l'écart. Je veux m'entretenir avec toi de la chose domestique.

GRAND'LARGESSE. — Donne-moi la main, femme très bonne.

MADAME HONESTA (*regarde autour d'elle*). — Où ça, la femme très bonne ? et quelle est-elle ?

GRAND'LARGESSE. — Toi.

MADAME HONESTA. — Moi, dis-tu ?

GRAND'LARGESSE. — Si tu protestes, je proteste.

MADAME HONESTA. — Il sied que tu dises vérité. Nulle femme ne peut être comme très bonne désignée. Il en est de plus carognes les unes que les autres. Voilà tout.

GRAND'LARGESSE. — J'opine dans ce sens ; jamais, sœur, on ne me verra te chicaner là-dessus.

MADAME HONESTA. — Donne-moi ton attention, j'aimerais.

GRAND'LARGESSE. — Elle est tienne. Use et commande à ton plaisir.

MADAME HONESTA. — Touchant ce que j'estime très bon pour tes affaires, je te viens exhorter.

GRAND'LARGESSE. — Sœur, tu agis à ton accoutumée.

MADAME HONESTA. — Cela te plaît à dire.

GRAND'LARGESSE. — Enfin, sœur, quelle est cette chose ?

MADAME HONESTA. — Une chose d'un remanent profit, à savoir engendrer une famille et procréer des héritiers.

GRAND'LARGESSE. — Que t'exaucent les dieux !

MADAME HONESTA. — Je veux que tu conduises une mariée en ta maison.

GRAND'LARGESSE. — *Heï !* tu m'assassines.

MADAME HONESTA. — Quoi ? Qu'as-tu ?

GRAND'LARGESSE. — Tes dires, ma sœur, à moi chétif, ont strapassé l'entendement. Tu parles à coups de pierres.

MADAME HONESTA. — *Heïa !* Fais ce que t'enjoignit ta sœur.

GRAND'LARGESSE. — Hem ! je le ferai... si bon me semble.

MADAME HONESTA. — Cela est pour ton bien.

GRAND'LARGESSE. — Que je meure plutôt que de vaquer à l'hyménée. Ou bien, déniche-moi un tendron que j'épouse demain et que l'on enterre le jour suivant. Fais part de ces conditions à la postulante, après quoi tu pourras adorner les noces autant qu'il te plaira.

MADAME HONESTA. — Je veux, frère, te donner, contrepointée de la forte somme, une pucelle montée en graine, plus riche encore de printemps que de monnaie. Elle est parvenue à cet âge que l'on appelle mûr. Je demanderai sa main pour peu que tu l'ordonnes, frère.

GRAND'LARGESSE. — Est-il permis de hasarder une question ?

MADAME HONESTA. — Bien plus. Interroge à ta suffisance.

GRAND'LARGESSE. — Le barbon qui, passé l'équinoxe d'automne, introduit chez soi une épouse blette, si, par hasard, ce vieux débris engrosse l'antiquaille, qui doute que le nom congruent à leur produit ne soit le nom de Posthumus ? A présent, moi, sœur, j'éliminerai, j'atténuerai pour toi une si lourde tâche. Je suis assez bien accommodé par la vertu des dieux et de nos anciens. C'est pourquoi je me contre fiche hautement de tes belles relations, des femmes du monde à nombreuse clientèle, de leurs apports fastueux, de leur extravagance et de leur despotisme. Que m'importent leurs chariots d'ivoire, leurs fichus brodés, leur pourpre, leur dépense qui vous réduit en esclavage, pauvres bougres de maris !

MADAME HONESTA. — Allons ! dis-moi tout de suite le nom de la péronnelle que tu comptes choisir pour femme.

GRAND'LARGESSE. — Soit. Je le dirai. Connais-tu ce vieillard, l'Estimé, notre plus proche voisin assez impécunieux ?

MADAME HONESTA. — Je connais l'homme. Il n'est, *mecastor !* aucunement scélérat.

GRAND'LARGESSE. — J'arde que sa fille pucelle échange avec moi la parole des accords. Ménage, sœur, tes frais d'éloquence. Je n'ignore aucunement le substrat de ton discours : « Elle est pauvre ! » mais, pauvre, elle me plaît.

MADAME HONESTA. — Les dieux tournent ce projet du bon côté.

GRAND'LARGESSE. — Ainsi soit-il !

MADAME HONESTA (*se retourne presque sur le seuil de sa porte*). — Quoi ? Me veux-tu quelque chose ?

GRAND'LARGESSE. — Porte-toi bien.

MADAME HONESTA. — Toi de même, frère. (*Elle rentre.*)

GRAND'LARGESSE. — Voyons d'abord, au logis de l'Estimé, s'il est chez soi. Mais le voici. Je ne m'explique pas d'où le bonhomme peut venir.

SCÈNE III

L'ESTIMÉ, GRAND'LARGESSE

L'ESTIMÉ (*très nerveux et de méchante humeur, n'aperçoit pas Grand'largesse et poursuit son monologue*). — Quelque esprit, en sortant, me présageait l'inutilité de cette course et je ne m'en allais pas sans perplexité.

Nul ne s'est présenté, ni les gens de la *curia*, ni le président qui nous devait impartir de la pécune. En grand'hâte donc, je me hâte vers ma demeure, car si l'on me voit dehors, ma pensée au logis n'en est pas moins restée.

GRAND'LARGESSE (*l'abordant*). — Sauf et prospère toujours sois-tu, l'Estimé.

L'ESTIMÉ. — T'aiment les dieux, Grand'largesse !

GRAND'LARGESSE. — Quoi de neuf? Te portes-tu correctement et selon tes désirs ?

L'ESTIMÉ (*à part*). — Quand un riche prodigue les blandices à un pauvre hère, ce n'est pas l'effet du simple hasard. Cet homme est informé que présentement je détiens un magot. C'est pourquoi il me salue avec obséquiosité.

GRAND'LARGESSE. — Réponds-moi. Comment te portes-tu ?

L'ESTIMÉ. — *Pol !* Cela ne va guère bien du côté de la bourse.

GRAND'LARGESSE. — *Pol !* si un calme esprit te décore, tu possèdes autant qu'il faut pour vivre honnêtement.

L'ESTIMÉ. — *Herclé !* La vieille pute a mis ce cafard sur la piste du trésor. Cela est manifeste. Ah ! la gueuse ! je lui tenaillerai la langue et lui défoncerai les yeux.

GRAND'LARGESSE. — Qu'as-tu à monologuer ainsi avec toi-même ?

L'ESTIMÉ. — Je lamente ma détresse. J'ai, à la maison, une vierge, nubile mais sans dot par conséquent de mauvaise défaite. A qui pourrais-je la colloquer, hélas !

GRAND'LARGESSE. — Tais-toi. Ne te fais pas de bile, mon brave l'Estimé. Il te sera donné. Compte sur mon adjutoire. Dis si quelque chose te manque. Parle. N'hésite pas à commander.

L'ESTIMÉ (*de plus en plus méfiant*). — Sous couleur de promettre — c'est clair ! — il gueuse ma pécune. Il bée après mon or et l'entend dévorer. D'une main, un croûton et de l'autre, une pierre. Le riche me pue au nez quand il prodigue aux besoigneux tant de courbettes et d'encens. Il grève de malencontre celui qu'il prend sous sa main trop affable. Ah! je les connais, ces pieuvres qui ne lâchent plus ce qu'une fois, elles ont saisi dans leurs tentacules d'or.

GRAND'LARGESSE. — Concède-moi quelques minutes d'entretien. Il est une affaire à propos de quoi, l'Estimé, je voudrais, sans rémore ni sursis, te parler d'un intérêt commun.

L'ESTIMÉ. — *Heu! Heu!* Misérable moi! l'or me fut harpagonné là-dedans. Ce qu'il marmitonne, à présent, ce birbe doucereux, je ne le sais que trop. Il veut entrer en composition avec moi, *edepol!* Mais, d'abord, je visiterai la maison.

GRAND'LARGESSE. — Où vas-tu?

L'ESTIMÉ. — Tout à l'heure, ici, je reviendrai à tes côtés; mais j'ai besoin, un besoin de voir quelque chose là-dedans. (*Il sort.*)

GRAND'LARGESSE (*seul*). — *Mecastor!* dès que j'aurai fait mention de la petite, afin qu'il me la donne en mariage, il n'est pas douteux que le butor ne cuide que j'en veux faire une risée. Ah je ne connais pas dans toute la séquelle des grigous un ladre vert plus vert que cettuy-là.

L'ESTIMÉ (*il rentre en secouant la tête comme pour chasser une bantise qui l'obsède*). — Que me gardent les dieux ! La chose est intacte, intact, le petit objet... sous la réserve, bien entendu, que l'on n'en ait rien pris. *Attat !* pour cette fois plus de peur que de mal ; j'étais cependant à demi mort premier que de rentrer chez moi. (*Il s'approche de Grand'largesse*). Me voici, Grand'largesse, et prêt à t'écouter.

GRAND'LARGESSE. — Mille grâces ! A présent, je te conjure d'avoir pour agréable de répondre aux questions que je te poserai.

L'ESTIMÉ. — Certes ! pourvu, toutefois, que tu ne me demandes rien qu'il ne me plaise cacher.

GRAND'LARGESSE. — Que penses-tu de la famille dont je suis ?

L'ESTIMÉ. — Bonne.

GRAND'LARGESSE. — Et de ma prudhomie ?

L'ESTIMÉ. — Excellente.

GRAND'LARGESSE. — Et de mes actions ?

L'ESTIMÉ. — Ni coupables, ni déshonnêtes.

GRAND'LARGESSE. — Mon âge, tu le sais ?

L'ESTIMÉ. — Je sais qu'il est grand, à l'instar de ta pécune.

GRAND'LARGESSE. — Quant à moi, *edepol !* j'ai toujours arbitré que, citoyen, tu es exempt de toute malice malfaisante et l'arbitre encore.

L'ESTIMÉ (*à part*). — Il a subodoré mes espèces. (*Haut.*) A cette heure, que me veux-tu ?

GRAND'LARGESSE. — Puis donc que notre connaissance est, comme notre estime, réciproque, je te demande — et puisse favorablement aboutir mon dessein pour toi-même, pour ton héritière et pour moi — je te demande la main de ta fille Phœdra. Y consens-tu ?

L'ESTIMÉ. — *Heia !* Grand'largesse ! tu fais là un geste qui cadre mal avec tes gestes coutumiers. Tu te fiches de moi, de moi nécessiteux, de moi inoffensif, qui ne t'ai rien fait, qui n'ai rien fait à toi non plus qu'aux tiens et qui n'ai mérité, ni par mes actes, ni par mes paroles, que tu en uses de la sorte, vis-à-vis de moi.

GRAND'LARGESSE. — *Edepol !* je ne me truphe de toi, ni de ta fille en aucune manière. Je n'en ai pas l'intention et regarderai cette chose comme le fait d'un pied-plat.

L'ESTIMÉ. — Alors, pourquoi demandes-tu en mariage ma petite ?

GRAND'LARGESSE. — Pour faire ton sort meilleur, pour les tiens et toi-même rendre mon sort plus doux.

L'ESTIMÉ. — Ceci, Grand'largesse, me houspille l'entendement.

Tu es un homme riche, haut placé ; moi, le plus minable des sans-le-sou. Que je te colloque ma donzelle, eh bien ! comprends ceci, j'aurai toujours, malgré tout, d'une certaine affaire l'esprit mécanisé. Voici la chose. Tu seras le bœuf et moi, le baudet. Toutefois appariés sous le même joug, il ne sera pas dans mes moyens d'épauler mêmes fardeaux que toi. Pauvre âne, alors, je m'enliserai dans la crotte, et monseigneur le bœuf ne me regardera pas plus que si j'étais encore à naître. Que dis-je? Tu me combleras de rebuffades; mes égaux à dire d'experts se paieront ma tête. Divorçons-nous? Pauvre moi! je n'aurai plus d'étable pour me réfugier. Les ânes me dépèceront à coups de dents, les bœufs m'éventreront à coups de cornes. Voilà, si des ânes j'émigre chez les bœufs, quel péril est le mien.

GRAND'LARGESSE. — L'alliance avec les bons est avantageuse d'autant qu'on la fait plus étroite. Accepte, quant à toi, mes avances; écoute mes propos, accorde-moi ta fille.

L'ESTIMÉ. — Soit! mais zéro est précisément le chiffre de sa dot.

GRAND'LARGESSE. — N'en donne mie. Elle est suffisamment dotée à mes yeux pourvu qu'elle se comporte avec de bonnes mœurs.

L'ESTIMÉ. — Je t'objecte cela pour que tu n'ailles pas te mettre en tête que j'ai déniché des trésors.

GRAND'LARGESSE. — Je le sais. Inutile de m'endoctriner. Promets en mariage!

L'ESTIMÉ. — Cela soit fait. (*Bruit de pioches, dans la direction du logis de l'Estimé.*) Mais, *proh Juppiter!* n'entends-tu? Et serais-je perdu?

GRAND'LARGESSE. — Quel vertigo te prend ? Quelle mouche te pique ?

L'ESTIMÉ. — N'entends-tu pas ? Quelque chose, tout à l'heure, crépitait comme du fer. Ah ! je suis égorgé si promptement je ne m'empresse de courir chez moi. (*Il sort.*)

GRAND'LARGESSE. — J'ai commandé quelques travaux à deux pas d'ici dans mon jardin. (*Regardant autour de soi.*) Mais par où donc mon homme est-il passé ? Le voilà parti sans m'avoir donné la moindre certitude. Je le dégoûte possible, à cause qu'il me voit chercher son amitié. Il se comporte à la façon des hommes. Car si un gros bonnet poursuit les complaisances du dernier claquepatin, le claquepatin serre les fesses ; la crainte à manquer une si belle occasion l'induit, quitte, plus tard et l'occasion perdue, à se ronger de vains, de stériles regrets. (*Rentre l'Estimé.*)

L'ESTIMÉ. — Si, *Herclé !* je ne donne pas la langue de cette vieille toupie afin qu'on l'extirpe jusqu'à la racine, j'ordonne et prétends qu'elle me fasse châtrer — oui, monsieur ! châtrer — quand bon lui semblera.

GRAND'LARGESSE. — *Herclé !* Je vois, l'Estimé, que tu me regardes comme un homme idoine à faire la chouette, sans égard pour mon âge et pour ce que je suis. A parler franc, cela n'a rien de beau.

L'ESTIMÉ. — *Edepol !* Grand'largesse ! Ni je ne fais cela, ni ne le pourrais faire.

GRAND'LARGESSE. — Alors, que décides-tu ? Oui ou non, veux-tu me donner ta fille ?

L'ESTIMÉ. — Oui, sous les réserves et avec la dot que je t'ai spécifiées.

GRAND'LARGESSE. — Donc (*il présente à l'Estimé un brin de paille couronnée de son épi*), SPONDES-NE ?

L'ESTIMÉ (*brise en deux le fétu et rend les morceaux à Grand'largesse.* — SPONDEO (1).

GRAND'LARGESSE. — Que les dieux tournent cela du bon côté.

L'ESTIMÉ. — Ainsi soit-il. Mais, quant à toi, n'oublie pas de te rappeler qu'il est bien convenu que ma fille ne t'apporte rien en dot.

GRAND'LARGESSE. — Je m'en souviens.

L'ESTIMÉ. — Mais je sais par quelles machinations vous avez coutume d'équivoquer sur les contrats. Le pacte ? Il n'est pas convenu. Le non-pacte ? Il est convenu selon votre caprice.

GRAND'LARGESSE. — Nulle controverse à redouter de moi. Mais est-il une raison pour ne point, aujourd'hui, vaquer à l'hyménée ?

L'ESTIMÉ. — Au contraire, *Edepol !* cela tombe à merveille.

(1) « Comme l'usage de rompre la paille en signe de promesse existait chez les anciens, l'étymologie de *stipulatio* par *stipula* « paille » est probable. Peut-être le *sagmen* ou herbe sacrée, dans la scène entre Tullus Hostilius et le fetial (Tite-Live, I, IV), est-il un reste de ce symbolisme ? » Michel Bréal et Anatole Bailly, *Dictionnaire étymologique latin.*

GRAND'LARGESSE. — J'irai donc. Je ferai les préparatifs. Tu n'as rien à me dire ?

L'ESTIMÉ. — Non. Rien autre que cela.

GRAND'LARGESSE. — Donc, qu'il en soit ainsi. Porte-toi bien.

Heus ! Letoton ! En hâte et vivement qu'on me suive au marché.

Il sort accompagné de son valet.

L'ESTIMÉ (*il suit longuement des yeux Grand'largesse afin de s'assurer qu'il ne reviendra pas*). — Ouf ! il est parti ! Dieux immortels ! je vous obsècre !

Etonnant pouvoir de l'or ! Moi, j'estime qu'il aura déjà perçu quelque rumeur, comme quoi je détiens, en ma maison, une secrète ; il baye au trésor par la grâce de quoi il s'obstine à devenir mon gendre. (*Apostrophant un spectateur de l'orchestre.*) Mon gendre, oui, Monsieur ! N'en doutez pas !

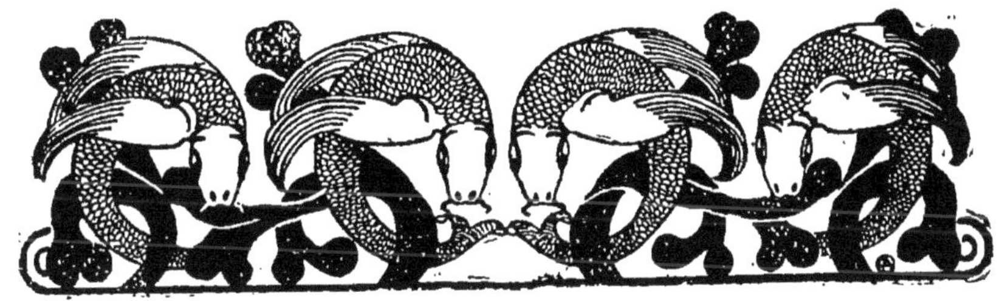

SCÈNE IV

L'ESTIMÉ, TETTE-LA-GRAPPE

L'ESTIMÉ (*il ouvre la porte de sa maison et disparaît presque dans l'allée*). — Où donc es-tu, coquine, toi qui, chez tous les voisins, as déblatéré que je vais donner à ma fille une dot ? *Heus !* Tette-la-Grappe ! je t'appelle ! m'entends-tu ? Absterge promptement et lave dans la maison les ustensiles sacrés. (*Tette-la-Grappe est entrée. Elle se rapproche de l'Estimé.*) J'ai fiancé ma fille. Ce jourd'hui même, je la donne pour femme à Grand'largesse.

TETTE-LA-GRAPPE. — Que les Dieux tournent bien cela ! Mais, *eccastor !* la chose ne se peut. Elle est par trop soudaine.

L'ESTIMÉ. — Silence et grouille-toi. Que tout soit minutieusement préparé à mon retour du forum. Tiens la porte fermée en mon absence. Je ne sera qu'un moment dehors. (*Il s'éloigne par le même chemin que Grand'largesse.*)

TETTE-LA-GRAPPE (*seule*). — Que faire ? Justes cieux ! Que faire ? La catastrophe est prochaine, menaçante pour la fille du maître aussi bien que pour moi.

La parturition et le scandale viennent à terme. Ce qui, jusqu'à présent, fut un mystère, bientôt, ne se pourra plus déguiser. Ah ! Dieux de dieux ! Que ne va-t-on pas dire dans le quartier ?

Allons ! faut rentrer tout de même, pour que monsieur trouve le ménage fait, en revenant. *Eccastor !* je redoute une disgrâce effroyable. J'ai peur de boire une chopine d'abondance, une liqueur d'amertume, en guise de vin pur. (*Elle entre dans la maison.*)

SCÈNE V

LETOTON, FEUARDENT, CONGRION, LIVREURS DE COMESTIBLES, PORTEURS AUX HALLES, CHŒURS DE MUSIQUE ET DE DANSES, AULETRIDES, BALLERINES

Tout ce monde envahit la scène en grande hâte et confusion. Les patissiers, avec leurs mannes sur la tête, s'achoppent aux danseuses. D'autres garçons rangent contre les murs des cloyeres de marée ou de paniers de fruits. On aperçoit des queues de paons et des oreilles de lièvres dans l'hiatus d'une bourriche. Un garçon d'abattoir en arroi professionnel, cheveux pommadés, tablier taché de sang, fusil à la ceinture, conduit vers le *proscenium* deux agneaux vivants. Les flûtes s'accordent ; les harpes dessinent quelques arpèges ; le corps de ballet répète ses entrechats. Musique de scène très vague jusqu'à la réplique de Congrion : « *O dolosif! O proditeur!...* »

LETOTON. — Monsieur a fait son marché. Il a loué des gâte-sauce et des joueuses de flûte aux environs des Halles, puis m'a commis le soin de diviser chacune de ces emplettes en deux parts identiques.

CONGRION. — Mince alors, ma vieille branche! Si tu comptes fader l'une et l'autre cuisine d'une moitié de bibi, tu te fous le doigt dans l'œil. J'ai les pieds en laine. Mais si tu veux que d'un seul côté, je turbine avec tous mes avantages, l'on en pourra causer.

FEUARDENT. — Que tu es beau! Que tu es virginal ! Petite chatte de souillarde ! si quelqu'un en avait la fantaisie, tu ne te laisserais pas trancher, dis ?

LETOTON. — Ce n'est pas cela, Congrion ; je ne disais pas ce que tu me fais dire par blague. Mais, aujourd'hui, mon patron convole en justes noces.

FEUARDENT. — De quel bourgeois est fille la gonzesse ?

LETOTON. — De ce vieillard, l'Estimé, notre voisin immédiat. Monsieur a ordonné que la moitié des provisions allât chez le beau-père, avec un maître-queux flanqué d'une aulétride.

CONGRION. — Répète voir ? La moitié à celui-ci et la moitié chez vous !

LETOTON. — Juste !

CONGRION. — Eh ! quoi ? le birbe ne pouvait se fendre pour le *conjungo* de sa poule ?

LETOTON. — Vah !

CONGRION. — Qui l'empêche ?

LETOTON. — Tu demandes ce qui l'empêche ? La pierre ponce n'est pas aride à l'égal de ce vieillard.

CONGRION. — Vrai ?

LETOTON. — Juge toi-même, en plein repos. Il brame sans que rien le fasse taire, il appelle au secours les hommes et les dieux ; il vocifère que son bien a péri, que lui-même est déraciné, pour peu qu'il aperçoive une ombre de fumée issant du *tigillum*. C'est au point qu'avant de se coucher il s'applique une bourse à travers la gueule.

CONGRION. — Pourquoi ?

LETOTON. — Crainte que, par hasard, il ne perde, en rouffionnant, quelque chose de son haleine.

CONGRION. — De même obture-t-il son gosier d'en bas, crainte que, par hasard, il ne perde, en rouffionant, quelque chose de son haleine ?

LETOTON. — Tu m'en peux croire ainsi que je te crois.

CONGRION. — Certes ! je te crois dur comme fer.

LETOTON. — En voici une autre qui n'est pas dans une musette. Quand il se baigne, *herclé !* je t'assure qu'il rognonne touchant la profusion de l'eau.

CONGRION. — Penses-tu que nous pourrions effectuer sur cette vieille barbe l'extraction d'un grand *talentum ?* Nous achèterions avec, la liberté.

LETOTON. — Lui, *herclé !* Mais tu lui emprunterais la Famine qu'il ne te la prêterait pas, si tu pouvais en faire quelque usage ! Naguère, le râpeur de barbes avait coupé les ongles du particulier. Notre homme en colligea, puis emporta les rognures sans faire grâce d'une seule.

CONGRION. — *Edepol!* Tu préconises un mortel pingre de la plus éminente pingrerie. Mais le crois-tu rapiat au point de vivre si cochonnément, et misérablement ?

LETOTON. — Un épervier, naguère, lui déroba le *pulmentum* dont il mangeait. Eploré, l'homme de se ruer chez le prêteur et, là, poussant des cris, hoquetant des sanglots, il demande congé d'assigner le volucre. J'ai dans la mémoire quelque six cents historiettes de cet acabit que je te pourrais débobiner si j'avais des loisirs. Mais parlons sérieusement. Lequel de vous deux est le plus expéditif ?

CONGRION. — Moi. Je suis beaucoup plus entendu que lui.

LETOTON. — Permets : c'est du marmiton que je m'enquiers, et non du fil-de-soie.

CONGRION. — Je suis un maître-queux, un docteur de ménestre.

LETOTON. — Et toi, jeune homme, que dis-tu ?

FEUARDENT. — Tu ne m'as pas regardé ?

CONGRION. — Celui-ci, c'est un coq pour les *nundines*. Il fricasse chaque neuvième jour, dans les foires et les marchés.

FEUARDENT. — Est-ce toi qui me vitupères ainsi,

homme de cinq lettres de qui le nom s'épelle « f-i, fi, l-o-u, lou, filou » ?

CONGRION. — Voleur ? Voleur toi-même et trivoleur !

LETOTON. — La ferme ! (*Il remonte vers le garçon boucher.*) Lequel des deux agneaux vous semble le plus gras ?

FEUARDENT. — Sauf respect...

LETOTON (*il prend en main la laine d'un agneau et le passe à Congrion*). — Toi, Congrion, adjuge-le-toi sur l'heure et va dans cette maison. (*Il montre le logis de l'Estimé.*) Vous (*aux porteurs et aux aulètrides*), suivez-le et vous autres, là-bas, entrez chez nous.

FEUARDENT. — Oh ! là ! la ! mince d'équité ! Tu leur as décerné l'ouaille la plus charnue.

LETOTON. — Mais à toi la plus tétonnière des flûtistes. Pars avec lui, Phrygia ! (*Il désigne Congrion*). Toi, Eleusium, reste dans notre bande.

Les musiciens, le corps de ballet se partagent en deux groupes, ainsi que les porteurs. La musique décroît et cesse lentement.

CONGRION. — O dolosif ! O proditeur ! Et c'est toi, Letoton, qui me dépêches au grippe-sous ! Là, si je demande n'importe quelle chose, ce sera jusqu'à la toux de renard inclusivement, premier qu'elle soit accordée.

LETOTON. — Couillon ! Ingrat ! C'est bien la peine de te faire service et comme voilà du temps perdu !

CONGRION. — Explique-toi !

LETOTON. — Que je m'explique ! mais d'abord aucun populaire ne t'incommodera dans ce taudis. S'il te chaut d'avoir à ta portée un ustensile ou deux, véhicule sous ton bras ta batterie de cuisine. *Herclé !* tu t'épargneras ainsi le désagrément d'un refus.

Un grand concours de monde, un copieux domestique, un va-et-vient sans relâche encombrent, du soir au matin, notre hôtel qui regorge, en outre, de meubles, et d'or, et d'étoffes, et de vaisselle plate. Quelque chose viendrait-elle à manquer ? — (*Confidentiel.*) Oh ! je sais bien ! tu es incapable de larronner ce que tu ne peux atteindre. — On dira : « Ce « sont les vestes blanches. Ligotez-les. Tapez dessus « et qu'on les foute dans le puisard. »

Mais là (*indiquant la porte de l'Estimé*), tu n'as pas à redouter pareil meschef, car tu n'y saurais chaparder quoi que ce soit. Ouste ! suis-moi.

CONGRION. — Voilà ! Voilà ! Voilà !

Ils se dirigent vers la maison de l'Estimé.

SCÈNE VI

LETOTON, CONGRION, TETTE-LA-GRAPPE

LETOTON (*frappe à la porte*). — *Heus !* Tette-la-Grappe ! apparais et nous ouvre la porte !

TETTE-LA-GRAPPE. — Qui va là ?

LETOTON. — Letoton.

TETTE-LA-GRAPPE. — Que veux-tu ?

LETOTON. — Que tu fasses bon accueil aux gargotiers que voici, accompagnés d'une flûtiste et de victuailles pour les noces, de quoi Grand'Largesse guerdonne l'Estimé.

TETTE-LA-GRAPPE. — Est-ce, Letoton, que vous célébrez le mariage de Cérès ?

LETOTON. — A cause ?

TETTE-LA-GRAPPE. — Parce que je constate que l'on n'a fait venir aucune espèce de liqueurs fortes.

LETOTON. — On t'en apportera de la vinasse, dès que notre monsieur rappliquera chez nous.

TETTE-LA-GRAPPE. — Ici les bûches sont absentes.

CONGRION. — Eh bien ! n'avez-vous pas de solives? Et des portes ?

TETTE-LA-GRAPPE. — *Edepol!* nous en avons.

CONGRION. — Conséquemment, vous avez des bûches. Inutile de quêter plus loin.

TETTE-LA-GRAPPE. — Quoi ! Sacré salaud ! A cause que tu t'exerces dans les arts de Volcanus, tu voudrais, pour ton fricot, tes ratatouilles, pour encaisser ta bonne main, foutre le feu à la maison !

CONGRION (*il lui prend le menton*). — Ah ! mignonne ! tu exagères.

LETOTON. — Fais-les entrer.

TETTE-LA-GRAPPE. — Suivez-moi.

Ils entrent chez l'Estimé.

SCÈNE VII

LAMOUCHE

LAMOUCHE (*sur le balcon de l'hôtel. Lamouche est un maître d'hôtel pompeux et gonflé d'importance*). — Ayez cure ; moi j'examinerai le travail des cuisines. Les surveiller aujourd'hui n'est pas une mince besogne. Je pourrais au besoin exiger qu'ils préparassent le banquet dans les sous-sols ou même dans un cellier. En ce cas, nous monterions le dîner sur des plateaux. Mais s'ils mangent à même ce qu'ils ont cuisiné, on risque de faire bombance à la cave et de garder le jeûne au *triclinium*. Mais voilà que je bavarde comme si je n'avais rien à faire, quand le vol des rapacides emplit notre foyer.

Il sort.

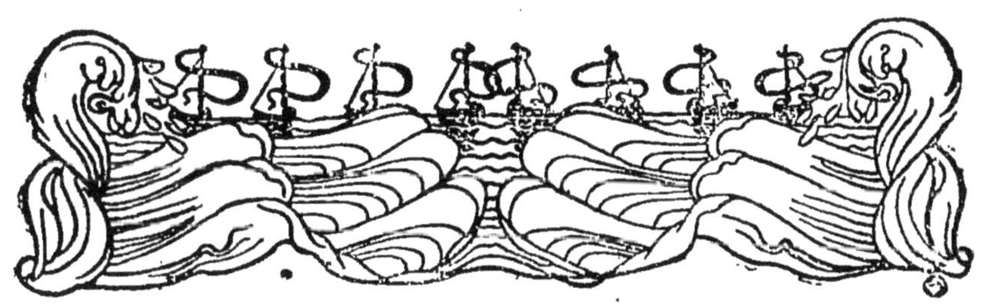

SCÈNE VIII

L'ESTIMÉ, CONGRION

L'ESTIMÉ *(il porte à la main un sachet d'encens et quelques roses en guirlande).* — J'ai voulu, ce jourd'hui, mon courage affermir, m'étant délibéré de faire bonne chère au déjeuner matrimonial. J'arrive aux Halles. Je m'informe du poisson. Le poisson ? il est trop cher. Trop chers, les ris d'agneau, trop cher, le faux-filet. Le porc frais ? Il vous écorche. Le thon lui même, hors de prix : toutes ces viandes ! surfaites, surfaites d'autant plus que je n'avais pas un denier dans ma ceinture. Je bouffe de colère et je fais demi-tour. Evidemment, puisque hors d'état d'acquérir la moindre chose. Tas de fripouilles ! Ce que je leur ai pété dans la main ! Ensuite, et chemin faisant, je me suis arraisonné ; j'ai fait des réflexions : « Si tu gaspilles ta monnaie, un jour férié, tu ne risques pas médiocrement d'être dans le besoin quand reviendront les jours ouvrables. »

Ayant promulgué cet aperçu à mon ventre aussi bien qu'à mon entendement, j'ai fait taire la gourmandise, tantque mon esprit adhère tout à fait au propos où je suis de marier ma pucelette en ménageant les frais. J'ai néanmoins acquis un peu d'encens, des fleurs en couronne. On les imposera sur notre foyer, en hommage au Lar de la maison. Qu'il veuille rendre prospères les noces de l'enfant ! Mais que vois-je ? notre immeuble est ouvert ! Du vacarme à l'intérieur ! Malheureux que je suis ! Le pillage aurait-il commencé ?

CONGRION *(sort de chez l'Estimé)*. — Va tout de suite chez le voisin. Emprunte, si possible, une marmite de forte taille. Celle-ci est vraiment ridicule. On ne peut rien mettre dedans.

L'ESTIMÉ. — *Heï* ! pauvre moi ! je meurs, je meurs, *Herclé !* Mon or est en danger. — On s'enquiert de la marmite. — Apollo, je t'en supplie, subviens et me défends, toi qui m'as déjà secouru en un même péril ! Darde tes sagettes contre ces rats de coffre-fort. Mais quoi, je perds mon temps ! Courons avant que je sois tout à fait perdu.

Il rentre dans sa maison.

SCÈNE IX

FEUARDENT

FEUARDENT (*sur la porte de l'hôtel Grand'largesse*). — Dromo, desquame la marée, et toi, Macherio, écorche vivement le congre, la murène! Je vais, de ce pas, m'informer si Congrion n'a pas une tourtière à mon service.

Toi, si tu n'es pas une gourde, tu me rendras ce poulet non moins glabre que l'entrefesse épilé d'un histrion. Mais quel est ce boucan? Pourquoi ces cris chez le voisin? *Herclé*! nos goujats, sans doute, commencent à faire leurs preuves.

Esbignons-nous! Quelque chose du tourbillon pourrait souffler jusqu'ici.

Rentre Feuardent.

SCÈNE X

CONGRION

CONGRION (*il sort de chez l'Estimé*). — Recommandables citoyens ! fils de la même patrie ! O vous, citadins ! banlieusards ! touristes ! Faites place ! Que je me sauve daredare ! Laissez la rue ouverte, grand'ouverte ! Oncque, si ce n'est aujourd'hui, pareille chose ne m'était advenue, ouï ! de cuisiner chez les bacchants, dans un bacchanal. Méchamment, ils nous ont époussetés à grand renfort d'anguillades, mes disciples et moi. Une contusion, voilà toute ma personne. Je suis mort et quelque chose en plus ! *Heu ! Heu ! Heu !* L'infâme pouacre ! Il m'a pris pour quintaine. Jamais on n'a fourni le cottret de si bonne grâce.

Il m'a fouichu dehors avec ceux-ci, nous ayant régalés au préalable d'une bastonnade numéro un. *Attatt*

— *Herclé!* pauvre moi! C'en est fait. (*L'Estimé paraît sur le seuil de la maison.*) On ouvre le bacchanal! Voici notre loufoque! Il va récidiver et me donner la chasse! (*Il s'arrête, se campe, et, les poings sur les hanches.*) Après tout, ne sais-je pas ce qu'il me reste à faire? Lui-même — oh le bon magister! me l'a inculqué dans le dos et dans l'esprit.

SCÈNE XI

L'ESTIMÉ, CONGRION

L'ESTIMÉ. — *St ! St !* reviens ! Où cours-tu ? Arrêtez-le ! Arrêtez-le !

CONGRION. — Pourquoi gueuler ainsi, vieille bête !

L'ESTIMÉ. — Parce que je vais, à l'instant, déférer ton nom aux *trisviri*.

CONGRION. — A cause ?

L'ESTIMÉ. — Que tu portes un eustache.

CONGRION. — Comme il sied à mon état.

L'ESTIMÉ. — Tu m'as tenu des propos comminatoires.

CONGRION. — A tort ! J'eusse mieux fait de te crever le bide.

L'ESTIMÉ. — Nul homme vivant ne t'égale en abomination ; il n'en est pas à qui je ferais du mal avec autant de soins et de plaisir.

CONGRION. — Pas besoin de crâner, faoutre ! inutile de le dire. Cela se voit assez. Tes actes nous l'attestent pleinement.

Infortuné que je suis, me voilà, par l'effet du gourdin, plus mol que le derrière d'un cinède. Mais de quel droit oses-tu porter la main sur nous, espèce de raffalé ? Quel vertigo te prend ?

L'ESTIMÉ. — Tu le demandes ! Est-ce parce que je ne t'ai pas assez battu ? Qu'à cela ne tienne !

CONGRION. — *Herclé!* si je n'ai pas tout à fait perdu la boule, mon petit père, il t'en cuira.

L'ESTIMÉ. — De l'avenir je n'en sais rien. Quant au présent, ton chef ne manque pas de sensibilité. Mais, dis-moi, que venais-tu faire dans mon logis, moi absent, et n'ayant pas donné des ordres ? Il me plairait de le savoir.

CONGRION. — Alors, ferme ça ! Nous sommes venus cuire le festin de noces.

L'ESTIMÉ. — Eh ! que t'importe, par ma barbe ! que je mange cuit ou cru ? Serais-tu, par hasard, mon tuteur ?

CONGRION. — Zut ! veux-tu me dire, oui ou non, si tu permets ici qu'on fricasse le dîner ?

L'ESTIMÉ. — Veux-tu me dire, oui ou non, si ma demeure, pendant ce temps, est bien en sûreté ?

CONGRION. — Que je remporte intact ce que j'ai apporté, cela me suffira. Crois-tu que je veuille te dérober quelque chose ?

L'ESTIMÉ. — Je sais ! Trêve de discours. Je te connais, mon garçon !

CONGRION. — Enfin pour quel motif prohibes-tu notre cuisine ? Qu'avons-nous dit, qu'avons-nous fait pour te mettre en rogne ?

L'ESTIMÉ. — Tu le demandes, sacripant, toi qui fouines dans tous les recoins et les chambres de mon immeuble ! Si tu n'avais abandonné ton poste, si, près du foyer, tu n'avais exploré que tes provisions de bouche, on ne te verrait pas la margoulette fendue. Et que la chose te serve de leçon ! A présent, écoute-moi et sois dûment averti de mes desseins. Tu vois cette porte ? Si tu approches d'elle sans ma permission, je te peloterai de telle manière que tu deviennes le plus infortuné des mortels. Te voilà congrument averti de mes desseins. (*Il rentre.*)

CONGRION (*seul*). — Laverna m'aime bien comme il est vrai que, si tu ne me rends pas sur-le-champ mes ustensiles, je vais faire du foin devant ta porte et du scandale, et par mes cris, ameuter le quartier. (*Il pleurniche.*) Que devenir ? Que faire à présent ? Certes, *edepol !* je suis venu en ce lieu sous de méchants auspices. On m'engage pour un *nummus;* il me faudra bailler davantage au rebouteur.

L'ESTIMÉ (*il porte une marmite à demi cachée sous son manteau*). — *Herclé !* cet objet, en quelque lieu que j'aille désormais, je l'aurai avec moi. Je l'abriterai sur mon cœur ! Je ne commetrai plus la faute de l'abandonner ici, au milieu des traquenards et des complots. (*S'adressant au cuisinier.*) Venez en paix ! Venez donc ! entrez maintenant, fouille-au-pot ! joueurs de flûte ! Introduis s'il te plaît, introduis, par surcroît un ost de mercenaires ! Cuisinez, rôtissez, gigotez à votre fantaisie !

CONGRION. — Eh ! voilà qui tombe en cadence, après m'avoir fendu la tête à grands coups d'assommoir !

L'ESTIMÉ. — Entre ! je te l'ordonne. On te paye tes sauces et non pas tes discours.

CONGRION. — *Heus !* vieille ficelle ! je te ferai abouler des dommages-intérêts, en échange de tes bourrades. On me paye mes sauces et non tes chinfreneaux.

L'ESTIMÉ. — Agis conformément aux lois ; mais ne m'échauffe pas la bile. Va préparer le dîner ou vide-moi la place pour te faire empaler.

CONGRION. — Vas-y toi-même !

SCÈNE XII

L'ESTIMÉ (*seul*).

L'ESTIMÉ. — Enfin, il est parti ! Dieux immortels ! celui-là perpètre le plus audacieux forfait qui, pauvre, entame le moindre commerce d'affaires ou d'amitié avec un riche capitaliste. Voyez Grand'largesse, il m'ausculte cyniquement. Il feint de m'envoyer par honneur son domestique ; mais il a mission de me dévaliser, de me réduire à la besace. Tout s'en mêle. Dans ma maison elle-même, un coq coquelinant, acheté par ma duègne sur son pécule, a failli m'exterminer d'une manière condigne : le misérable oiseau n'avait-il pas commencé à gratter la terre avec ses ongles, juste près du lieu où la chose était enfouie ! Est-il besoin de paroles ? Il a exaspéré mon courage, à ce point que, dans un transport furieux, je saisis une canne et tape comme un sourd, de quoi notre voleur manifeste a jugé bon de trépasser. *Edepol !* j'en jurerais ! Ces maudits empoisonneurs avaient graissé la patte du cochet pour qu'il déterrât ma pécune sans avoir l'air de rien : mais je leur ai brisé le manche entre les doigts. Voici que Grand'largesse, mon allié, s'en revient du Forum. Je n'oserais passer outre sans lui rendre mes devoirs et causer peu ou prou.

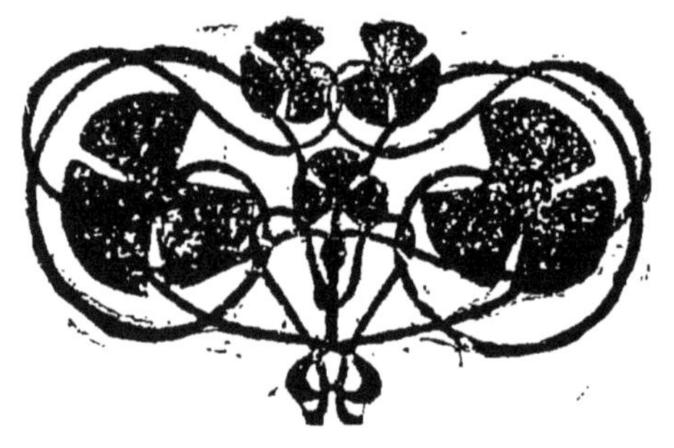

SCÈNE XIII

L'ESTIMÉ, GRAND'LARGESSE

GRAND'LARGESSE (*il descend le théâtre sans apercevoir l'Estimé*). — J'ai notifié à des amis nombreux mes desseins matrimoniaux. Ils sont unimnaes dans le los de ma fiancée : on trouve l'acte judicieux et que je prends un bon parti. En effet, si mon exemple était suivi, quelques millionnaires se donnant pour compagnes les belles indotées du prolétariat, la concorde civique en serait fort accrue et l'envie elle-même atténuerait son venin.

De craindre nos rigueurs, la femme se montrerait plus économe et réservée. Il en résulterait donc un grand bien pour la plupart de nous. On ne trouverait d'opposition que dans une minorité d'esprit bornés, chez quelques citoyens avides, en qui l'amour du

lucre ne considère ni loi, ni tutelle, ni respectabilité.

Je les entends déjà : « Où pourront se caser les beaux partis, les grosses dots, si de tels privilèges rendent l'hymen facile aux vierges sans le sou ? » Quant à ces demoiselles, eh bien qu'elles épousent le premier venu, sous la réserve de ne faire entrer dans leur ménage aucun apport dotal. Bientôt, sous ce régime, elles acquerront des grâces, des vertus, des charmes, idoines par des biens précellents à revancher leur capital d'autrefois.

Quand elles n'auraient d'autre mérite que de faire baisser le prix des mulets aujourd'hui plus coûteux que n'importe quel pur sang, et de les ravaler au taux des criquets transalpins !

L'ESTIMÉ (*à part*). — Ainsi m'aiment les dieux comme je bois du lait en écoutant ses paroles. Personne, avec plus d'élégance, ne discourt sur la parcimonie.

GRAND'LARGESSE. — Une femme ne viendrait plus vous dire : « Voilà, je t'ai constitué la forte somme, apporté une dot bien supérieure à ton avoir : il est donc juste que tu m'impartisses de la pourpre, des joyaux, des servantes, un train de mules avec leur muletier, une escorte de valets, un chasseur qui distribue en ville compliments et billets doux, enfin toute sorte de véhicules où me véhiculer. »

L'ESTIMÉ (*dans un coin à part*). — Comme il est éclairé sur les gestes des matrones ! Je voudrais qu'on le nommât préfet de bonnes mœurs.

GRAND'LARGESSE. — Va où bon te semble ! Tu verras, à présent, dans les hôtels plus de chariots que dans les fermes. Tu te plains ? Mais quoi ! ce luxe est encore fort modeste, comparé à tes autres débours, Voici les fournisseurs, campés dans ton antichambre, leurs factures à la main : foulon, brodeur, confiseur, drapier, lingères, empièceurs et les teinturiers flamme de punch, violet pensée ou jaune d'or ; les marchandes à la toilette, les fabricants de linon ; puis les cordonniers de toute espèce, bottiers en chambre, ceux qui font l'escarpin, ceux qui font la pantoufle. Voici l'apprêteur unique, le spécialiste qui teint la gaze en bleu pastel. Et ce n'est pas fini. Le dégraisseur demande qu'on le paye. De même le stoppeur. Tant pour la robe crocus, tant pour les corsets de madame. Tant pour chacun des atours qui parent sa beauté. Alors, imaginant que, cette bande rassasiée, il n'en surgira plus, tu crois avoir fini. Erreur, mon garçon. Un autre effectif et des mieux endentés, un bataillon de trois cents hommes réclame et s'opiniâtre. C'est la dentellière, c'est le fournisseur d'articles de voyage, c'est le tisserand. Tu t'exécutes. Pour le coup, te voilà hors d'essoine. Ah ! malheur : tu n'avais pas compté sur le teinturier en safran ni sur telle autre engeance qui te gardent ainsi que des geôliers, captif dans ton *atrium* et n'arrêtent point de tendre la sébile jusques à l'heure du dîner.

L'ESTIMÉ (*toujours à part*). — Moi, je l'interpellerais si je n'avais peur de couper sa diatribe sur les comportements des fumelles. Mais je préfère l'écouter.

GRAND'LARGESSE. — Quand on est à jour avec le commerce des fanfreluches, entre le percepteur des impôts militaires. Il exige tes contributions : car le terme en est échu. On va voir son banquier, on apure ses comptes. Le soldat à jeun fait le pied de grue, espérant émarger. Mais c'est comme des dattes. La balance établie avec l'argentier, il se trouve en fin de compte que le compte de monsieur reste débiteur. On proroge à huitaine l'espérance du guerrier qui n'a touché que des promesses telles que plusieurs autres. Ces incommodités, le gaspillage frénétique sont inhérents aux belles dots. La femme non dotée est, peut-on dire, en puissance de mari. Mais l'autre, la pécunieuse ne gratifie, hélas ! son misérable époux que de ridicules et de dommages infinis. (*Apercevant l'Estimé.*) Mais voici mon futur allié devant sa porte. Que fais-tu, l'Estimé ?

L'ESTIMÉ. — Je dégustais avec amour ton éloquence.

GRAND'LARGESSE. — Ah ! Ah. Tu as entendu ?

L'ESTIMÉ. — Tout, d'un bout à l'autre.

GRAND'LARGESSE. — Il semble néanmoins qu'il conviendrait que tu fusses un peu plus nitide et plus fringant pour le mariage de ta fille.

L'ESTIMÉ (*larmoyant et componctueux*). — Nitide, fringant ! Chacun, hélas ! piaffe, sous le harnais dont il est bâté. A coup sûr, les gros bonnets, les rupins doivent faire figure. Il importe qu'ils soient copieux et braves en ajustement. Quant à moi, Grand'largesse, quant aux pannés de mon bord, nous ne sommes pas mieux accommodés qu'on ne le croit dans le monde et le public nous juge sainement.

GRAND'LARGESSE. — Ne pleure pas misère. Que les dieux préservent et fassent fructifier ton petit capital !

L'ESTIMÉ (*à part*). — Ton petit capital ! Ce mot ne me plaît guère. Il sait, tout aussi bien que moi, le chiffre d'icelui. La vermine de duègne a clabaudé.

GRAND'LARGESSE. — Pourquoi donc t'éloigner de notre Sénat ?

L'ESTIMÉ (*il monologuait un peu à l'écart, mais il se rapproche*). — Je me proposais de t'incriminer. Tu mérites des objurgations.

GRAND'LARGESSE. — A propos de quoi ?

L'ESTIMÉ. — Tu le demandes ! toi qui as peuplé de larrons — quel désastre pour moi ! — tous les angles de mon domaine, toi qui as ouvert la porte de cet humble logis à cinq cents gargotiers, race de Geryon, qui découvrent, comme lui, chacun trois paires de mains. Argus, malgré qu'il soit tout yeux, Argus à qui Juno commit le soin de garder son ennemie, est inhabile à surveiller de telles gens. Et, pour comble, une aulétride capable à elle seule de biberonner la source Pirena de Corinthum, si cette chaste fontaine jaillissait en flots de vin. Quant aux victuailles...

GRAND'LARGESSE. — *Pol !* Vous avez de quoi nourrir une légion. D'abord, un agneau.

L'ESTIMÉ. — En comparaison de cet agneau, je ne pense pas qu'aucune ouaille doive passer pour curieuse.

GRAND'LARGESSE. — Qu'entends-tu, s'il te plaît, par un mouton curieux ?

L'ESTIMÉ. — J'entends qu'il n'a que la peau sur les os, tant la curiosité le mortifie. On peut, lui vivant, inspecter, en plein jour, ses entrailles. Il est diaphane et pellucide comme une veilleuse punique.

GRAND'LARGESSE. — J'ai payé pour qu'on le tue.

L'ESTIMÉ. — *Edepol !* Tu ferais mieux, je crois, de payer ses obsèques : la triste pécore est déjà morte.

GRAND'LARGESSE. — Aujourd'hui, l'Estimé, j'entends popiner avec toi.

L'ESTIMÉ. — *Herclé!* Je ne pense guère à me piquer le nez.

GRAND'LARGESSE. — J'ai donné ordre que l'on t'apportât, de ma cave, un petit fût de Cœcubum.

L'ESTIMÉ (*affriandé*). — Cœcubum! (*Il se pourlèche de convoitise, puis brusquement*). — Foin, te dis-je; mon parti est bien pris. Je ne bois que de l'eau claire.

GRAND'LARGESSE. — Baste! je t'imbiberai tout à l'heure, mais de bon vin, s'entend, malgré ton parti pris et tes grands verres d'eau.

L'ESTIMÉ (*à part*). — Je le vois venir. Ce qu'il manigance crève les yeux. Il compte m'enivrer à mort, puis, quand je serai sous la table, faire émigrer mon sac dans une autre colonie. Heureusement que je suis sur mes gardes; je vais enfouir la chose en quelque lieu, hors de chez moi. Le bon apôtre en sera pour ses frais et pour sa liqueur.

GRAND'LARGESSE. — A moins que je ne te sois bon à quelque chose, permets que j'aille prendre un bain avant le sacrifice.

L'ESTIMÉ (*seul*). — Caquerolle de mon cœur! nombreux sont tes ennemis, ligués contre le beau métal que gardent tes parois.

Ce que j'ai de mieux à faire, c'est, ô marmite! de procéder, aujourd'hui même, à ton enlèvement et de mener tes funérailles dans le temple de *Fidès*. Chère

Fidès! Je te connais. Chère *Fidès!* tu ne m'ignores point. Veille sur le dépôt commis à ta sauvegarde. Forclos, ô bonne Foi, tout ce qui démentirait ton nom. J'entrerai : je marcherai vers ton autel appuyé sur la créance que j'ai mise en ta vertu.

Il se dirige vers le *fanum*.

(*Rideau.*)

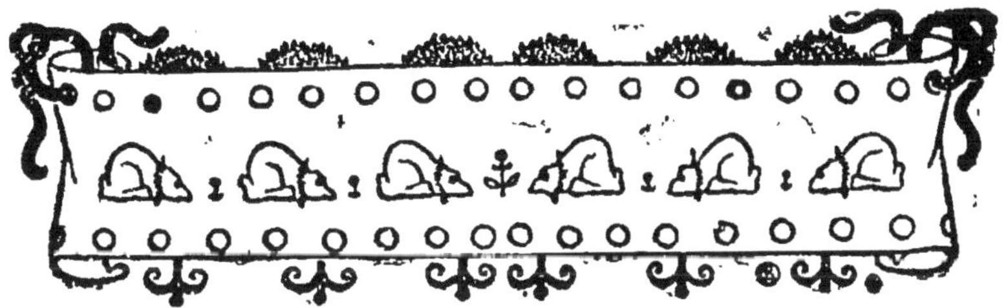

SCÈNE XIV

LETOTON

LETOTON (*seul*). — Je me comporte en larbin profitable et manœuvre, si j'ose le dire, chouettement. Pas de gâchis ni de flemme, quand j'exécute les préceptes de monsieur. Un camérier qui recherche les bonnes grâces du patron n'est pour lui que zèle et mégarde pour soi. Alors même qu'il roupille, il dort en officieux. Quand il appartient, comme j'en ai l'avantage, à quelque galant échauffé d'amour, s'il voit que le tempérament désorbite son jeune homme, que doit-il faire ? A coup sûr le refréner, le conduire à sauvement et le retenir sur la pente où l'emballèrent ses petites complexions.

De même que, pour leur apprendre à nager, on étend les écoliers sur une périssoire faite de vîmes et de roseaux — leur fatigue est moindre, car leurs mains et leurs pieds rament en cadence — de même, l'esclave d'un éphèbe en chaleur s'appareillant à la nacelle qui le porte garde, son monsieur de faire le plongeon. Comme un qui relève les augures, il analyse le ton des ordres notifiés ; ses regards lisent à livre ouvert le visage du maître ; à la moindre fantaisie, il court et galope et le plus vite quadrige ne le distance pas. Ainsi faisant on esquive les réprimandes et la censure en cuir de bœuf ; on ne risque pas de fourbir avec ses membres la rouille des menottes et des ceps. Mon singe est féru de la voisine, Mlle d'Argencourt. Et savez-vous ce qu'il vient d'apprendre ? Que l'Estimé, père noble, marie à Grand'largesse, autre barbon, la poule convoitée. Il me dépêche ici en observation, afin que je le tienne au courant de leurs démarches. Pour n'émouvoir aucun soupçon et ne donner à quiconque l'éveil, je prends comme escabeau l'autel sacré. De là je pourrai sans fatigue épier les mouvements des deux partis.

Il entre dans le temple de *Bona Fides* et d'un bond s'assied au coin de l'autel.

SCÈNE XV

L'ESTIMÉ, LETOTON

L'ESTIMÉ. — Toi, cependant, *Fides !* ne t'avise pas d'informer les gens que ma pécune est à l'abri dans ton *fanum*. De l'avoir subtilement cachée, une confiance m'est venue : et je ne crains plus qu'un déprédateur me la barbote. *Edepol !* celui-là serait un joli chopin qui t'éventerait, marmite pleine d'or ! Mais je t'en prie, ô *Bona Fides !* ne permets pas une telle noirceur.

A présent, je vais au bain premier que célébrer la chose divine. Je ne voudrais pas me faire attendre. Que mon gendre puisse emmener chez lui ma Phœdra, sitôt qu'il enverra les paranymphes. Veille donc, *Bona Fides !* veille toujours ! veille encore et puissé-je ramener intacte ma oulle de chez toi. Je place mon or sous ta garde. Il est enfoui dans le bocage et l'enceinte voués à ta divinité.

Il sort.

LETOTON (*seul*). — Sacré nom de tous les dieux ! Elle est bien bonne ! Le gaga vient d'inhumer un pot au feu garni de picaillons dans les communs du temple ! *Bona Fides !* veux-tu m'être fidèle et rendre le monsieur cocu ? Homme vénérable ! et si je ne me trompe, l'auteur de l'ingénue à qui mon patron fait ce qu'on nomme la cour ! Je vais entrer là-dedans, perscruter les murs, faire en sorte de mettre la main sur le gâteau, pendant que notre vieille branche accomplit ses dévotions. Que je repère la menouille, Déesse ! et c'est moi qui régale. Je t'offre un *congius* de vin doux sur lequel tu ne trouveras point mauvais que je m'enfile une chopine ou deux.

Il entre dans le *fanum*. L'Estimé reparaît.

L'ESTIMÉ (*très inquiet, donne tous les signes d'une véhémente perplexité*). — Ce n'est pas sans motif que le corbeau vient de croasser à ma gauche ; il croassait et « cra ! cra ! cra ! » égratignait la terre avec ses ongles. Aussitôt mon cœur de battre la chamade et, comme un funambule, de bondir en mon sein. Pourquoi tarder ? Courons. (*Il aperçoit Letoton.*) Hors d'ici ! Hors d'ici ! lombric ! rampante bête, tu ne te montrais pas tout à l'heure et nul te voyait ; mais tu sors, à présent, et je t'aurai la peau ! Bonneteur ! maquereau ! pendard ! je m'en vais chauffer ton entrée !

Il le traîne violemment.

LETOTON. — Or, ça, dis-moi ? Tu as rencontré le loup-garou ? C'est lui qui te fait déraisonner et piquer ton attaque ? Avons-nous jamais fait commerce ? Ai-je gardé les cochons avec toi ? Vieille tante ! Pourquoi me bousculer ? Pourquoi m'écarteler ? Pourquoi me flageller ?

L'ESTIMÉ. — Tu le demandes encore, homme très bastonnable ! non voleur, mais trivoleur !

LETOTON. — Pardon ! que t'ai-je soustrait ou dérobé ?

L'ESTIMÉ. — Restitue, et sur-le-champ !

LETOTON. — Quoi ? et que faut-il que je restitue ?

L'ESTIMÉ. — Ce toupet !

LETOTON. — Je n'ai rien poissé qui fût à toi.

L'ESTIMÉ. — Voyons ! rends toujours ce que tu as poissé, mais qui n'est pas à moi. Eh bien ?

LETOTON. — Eh ! bien ?

L'ESTIMÉ. — Tu ne saurais l'emporter avec toi.

LETOTON. — Mon papa, tu es un peu marteau.

L'ESTIMÉ. — Remets-le-moi !

LETOTON. — Vieux cochon ! tu n'as pas encore cessé de te le faire mettre ?

L'ESTIMÉ. — Remets-le-moi, te dis-je, sans plus

goguenarder ; je ne suis pas en train d'expectorer des foutaises.

LETOTON. — Mais que veux-tu que je te mette ? Nomme la chose par son nom. *Herclé !* je n'ai grinchi ni larroné quoi que ce soit.

L'ESTIMÉ. — Voyons tes mains.

LETOTON. — Soit.

L'ESTIMÉ. — Montre donc !

LETOTON. — Les voici.

L'ESTIMÉ. — Je vois. Allons. Exhibe la troisième.

LETOTON. — Des larves à coup sûr ou bien quelque lubie, un hanneton peut-être lui débistroquent le cerveau. Prétends-tu, oui ou non, me faire injure ?

L'ESTIMÉ. — Superlative, j'en conviens. Car tu devrais, depuis longtemps, être pendu par le cou. Mais cela ne tardera guère, si tu refuses ton aveu.

LETOTON. — Malepeste ! Quel aveu ?

L'ESTIMÉ. — Que m'as-tu dérobé ?

LETOTON. — Les dieux me perdent si je t'ai dérobé la moindre chose !

L'ESTIMÉ (*il imite Letoton*). — Et si je n'ai pas voulu faire main basse, dis ? Allons vite ! secoue un peu ton *pallium*.

LETOTON. — Comme il te plaira.

L'ESTIMÉ. — Ne le dissimulerais-tu pas sous la tunique ?

LETOTON. — Palpe si cela t'amuse.

L'ESTIMÉ. — *Vah !* garnement ! comme il fait la chatemitte et le doucet pour me fermer les yeux ! Mais je n'ignore pas les tours des sycophantes. Or, sus, montre encore ta main droite.

LETOTON. — Hem !

L'ESTIMÉ. — A présent, la gauche !

LETOTON. — Les voici toutes deux.

L'ESTIMÉ. — Je suis fourbu. Plus de sondage ! Rends-le-moi.

LETOTON. — Rendre quoi ?

L'ESTIMÉ. — Cesse de feindre. Tu l'as certainement.

LETOTON. — Je l'ai, faoutre ! mais quoi donc ?

L'ESTIMÉ. — Je ne le dirai pas. Tu veux me faire parler. Ce que tu peux avoir à moi, je t'ordonne de le rendre.

LETOTON. — Tu baffouilles, m'as-tu assez douané, peloté, pour en définitive, ne trouver à toi dans mes poches que tringlette et balai de crin.

L'ESTIMÉ. — Reste, je le veux, reste. Qui donc était ici, en même temps que toi ? *Herclé !* je suis exterminé ! Quelqu'un se muche là-dedans qui cause du dégât. Si je lâche celui-ci, l'autre gagne au pied. En somme, je l'ai douané sans résultat. Va te faire foutre ! Jupiter et les dieux te baillent la malemort !

LETOTON. — Voilà bien ta civilité !

L'ESTIMÉ. — Je m'en vais là-dedans où, si je le rencontre, je tordrai la gargamelle à ton co-voleur.

LETOTON. — Bonsoir.

L'ESTIMÉ. — Et que je ne te revoie plus.

SCÈNE XVI

LETOTON, *seul.*

LETOTON. — J'aimerais mieux crever de la peine forte et dure que de ne pas charrier aujourd'hui même ce gâteux. Il n'osera plus enfouir sa marmite dans le temple. Je crois bien qu'il va l'emporter, à la recherche d'un autre caveau. *Attat!* La porte grince. Le vieux déménage ses pepettes. Chut! je vais m'appliquer derrière cette porte.

Il se cache.

SCÈNE XVII

L'ESTIMÉ, LETOTON

L'ESTIMÉ (*il porte la marmite sous son manteau*). — On se peut, disais-je, abandonner sans crainte à *Bona Fides ;* eh bien ! il s'en est fallu d'un cheveu qu'elle ne débarbouillât ma face dans la crotte. Au fond, j'étais perdu sans le corbeau. Moi, *herclé !* je voudrais bien le voir, ce corbeau signalétique ; je voudrais qu'il m'approchât afin de lui dire quelques bonnes paroles : « petit, petit, petit... » Car lui donner à manger n'est pas dans ma manière. Ce que l'on donne est ratiboisé. Maintenant il s'agit d'abriter mon argent et de trouver, pour ce faire, un endroit isolé. Voyons. Le bois de Silvanus ? hors les murs, à l'écart, des saules abondants, voilà bien mon affaire. Chose entendue et je me fie à Silvanus de préférence à *Bona Fides.*

LETOTON. — *Euge ! Euge !* les dieux eux-mêmes

complotent mon succès. Je cours et devance le pied plat. Je grimpe sur un arbre. Je note la cachette et... Monsieur m'avait enjoint de l'expecter ici. Mais, bastante ! le profit est assez grand pour que je risque l'anguillade. Je ferai fortune au détriment de mes épaules.

SCÈNE XVIII

LOUVETEAU, MADAME HONESTA, PHŒDRA, *dans la coulisse.*

LOUVETEAU. — Eh bien, oui, maman. Voilà toute l'histoire ; tu sais par le menu ma galanterie avec la fille du voisin. Je t'en supplie et t'en conjure encore et t'en conjure de nouveau, ma bonne petite mère, dis la chose à mon oncle et lui parle pour nous.

MADAME HONESTA. — Ce que tu veux, mon enfant, je le veux aussi. J'ai la conviction que mon frère se laissera toucher. Rien de plus juste d'ailleurs que ta demande si, comme tu l'affirmes, tu as mis à mal cette jeune fille, étant pris de vin.

LOUVETEAU. — Non, mère, tu ne crois pas que j'oserais mentir en ta présence ?

PHŒDRA (*derrière le théâtre*). — Ah ! Ah ! Ah ! Je meurs. Ah ! Nourrice ! Grâce ! Grâce ! Mon ventre ! Ah ! Ah ! Juno ! Juno ! Lucina ! Viens ! Au secours !

LOUVETEAU. — Hein ! vois-tu, maman, les choses parlent d'elles-mêmes.

MADAME HONESTA. — Elle brame ! elle accouche ! Doux enfant ! Viens avec moi chez mon frère. Ce que tu désires, il faut que, sur-le-champ, je l'obtienne de lui.

LOUVETEAU. — Va, je te suis, maman. Mais je cherche où peut être Letoton, mon esclave ; je lui avais prescrit de m'attendre ici. La chose m'étonne. Mais j'y pense, il travaille sans doute à mes affaires. Donc, j'aurais tort de me fâcher. Me voilà : je te suis pour prendre part aux Comices où l'on va statuer sur mes destins.

Ils sortent.

SCÈNE XIX

LETOTON

LETOTON. — Les pics aux ailes d'or qui ſont leurs nids sur des montagnes d'or, je fais la figue à leur magnificence, étant plus riche qu'aucun d'eux. Car je ne m'abaisse pas à commémorer ces porte-besace qu'on appelle des rois. Je suis, moi, le tyran Philippus. O jour délicieux ! Je file comme un zèbre ; j'arrive le premier au bois de Silvanus. Je grimpe, et me colloque dans un saule et regarde le barbon enterrer son magot. Il s'esbigne ; je descends ; je déterre l'oulle d'or truffée. *Eia !* Je pars et que vois-je ? notre birbe qui rentre chez lui sans m'avoir aperçu, car j'avais la précaution de me tenir en marge de la route. *Attat !* mais derechef je l'aperçois. J'irai pour cacher à la maison le poupard que voici.

Il sort, le théâtre reste un moment vide et l'on entend au loin crier l'Estimé.

SCÈNE XX

L'ESTIMÉ *hurlant, furieux, éperdus, entre puis ressort, se heurte aux portants, disparaît dans la coulisse, reparaît.*

L'ESTIMÉ. — A mort! A l'assassin! Au meurtre! Où courir? Où ne pas courir? Arrête! Arrête! Qui? Lequel? Je ne sais rien. Je ne vois rien. Je marche aveugle. Je ne comprends pas très bien où je suis, où je vais, mais vous autres (*il interpelle un groupe de passants*) je vous prie et vous observe et vous adjure! Vous allez me montrer l'homme. Vous savez bien l'homme qui l'a prise (*s'adressant à un autre groupe*). Vous autres, là qui vous drapez dans vos robes blanches et vous tenez en personnes du monde. Et toi, que dis-tu? Parle, je te crois. Tu m'as l'air d'un brave homme (*le quidam l'apostrophe d'un revers de main*). Eh! quoi! vous riez! Ah je vous connais tous, entendez-vous? D'abord je n'ignore pas qu'il y a ici des voleurs en masse. Hem! aucun d'eux ne l'a prise? Tu me poignardes. Parle, voyons, Dis-moi qui l'a. Tu n'en sais rien? (*un gamin lui fait des pieds de nez*). Heu! malédiction! malheur! c'est la mort, c'est la misère! Heu! Ruiné! O jour de deuil, jour de lamentation et de désespoir. Voici! la faim! la pauvreté! Je suis le plus minable des vieillards. Que faire de la vie, à présent que j'ai perdu mon or, tant d'or si bien gardé? Je me dérobais le nécessaire! Je me refusais tout plaisir! Je refrénais mon cœur et mon génie! A présent quelqu'un s'éjouit de mon dam! Non, non! non! non! je ne le peux souffrir!

Il s'abat en pleurant contre l'hôtel Grand'largesse puis se rélève, marche sans voir et tombe dans la vasque d'une fontaine. Ruisselant, il parcourt le théâtre qu'il inonde pour finalement retomber à la porte de l'hôtel (1).

(1) Les jeux ci-dessus indiqués sont conformes à la mise en scène de Monsieur E. de Max. Dans le personnage de l'Estimé, l'artiste souverain affirma sa maitrise — inattendue et charmante — il montra que la farce, la cocasserie inspirent et rénovent son talent aussi bien que l'horreur tragique par la pitié.

SCÈNE XXI

L'ESTIMÉ, LOUVETEAU

LOUVETEAU (*sans voir l'Estimé*). — Quel personnage luctueux sanglote et gémit à notre porte ? N'est-ce pas l'Estimé ? C'en est fait de moi ! Le pot aux roses est découvert. Faut-il rester ? partir ? l'aborder, ou lui tourner le dos ? *Edepol !* je ne sais que résoudre.

L'ESTIMÉ. — Quel homme parle ici ?

LOUVETEAU. — Un malheureux.

L'ESTIMÉ. — Je le suis davantage : la ruine, la débâcle, tant de soucis et tant d'affronts !

LOUVETEAU. — Sois de bon courage !

L'ESTIMÉ. — Cela est-il possible, je te le demande ?

LOUVETEAU. — Eh bien ! C'est moi qui suis coupable et l'auteur de tes maux.

L'ESTIMÉ. — Que me dis-tu ?

LOUVETEAU. — La vérité.

L'ESTIMÉ. — Quel mal t'avais-je fait pour me ruiner ainsi et perdre mes enfants ?

LOUVETEAU. — Quelque dieu m'enivra qui me poussait vers elle.

L'ESTIMÉ. — Comment ?

LOUVETEAU. — J'eus grand tort, je l'avoue, et reconnais ma faute et c'est pourquoi je te prie, afin que tu m'exauces et d'un plus calme esprit m'accordes le pardon.

L'ESTIMÉ. — Ce n'était pas ton bien. De quel front cependant as-tu le toucher ?

LOUVETEAU. — Que veux-tu ? Le mal est fait. Nul ne peut abolir nos gestes révolus, mais les dieux m'ont conduit par la main, car, sans leur volonté, je n'aurais pas eu cette audace.

L'ESTIMÉ. — Les dieux veulent de même que je te fasse périr chez moi, les pieds dans un *nervus*.

LOUVETEAU. — Ah, ne dis pas cela !

L'ESTIMÉ. — Comment ? Oser sans mon aveu toucher à ce qui m'appartient !

LOUVETEAU. — L'amour en fut la cause et le vin généreux.

L'ESTIMÉ. — Homme très dévergondé, avoir le front de me tenir un pareil discours ! Impudent ! Mais si ton excuse était admise, chacun aurait licence d'arracher en plein midi les joyaux des matrones, puis, en cas d'arrestation, de plaider l'amour et l'ébriété. Ah ! combien seraient infâmes et le vin et l'amour, si le buveur, si le mignon de couchette avaient droit à l'impunité !

LOUVETEAU. — Mais non, puisque je viens spontanément te prier d'absoudre ma folie.

L'ESTIMÉ (*le dévisage avec colère*). — Ils ne me plaisent point, les hommes qui viennent, ayant prévariqué, faire des soumissions. Tu savais qu'elle ne t'appartenait point. Il n'y fallait prétendre.

LOUVETEAU. — Quoi qu'il en soit, puisque j'eus cette audace, je ne demande pas mieux que de réparer ; je n'ergote en aucune façon pour la garder préférablement à toute autre.

L'ESTIMÉ. — La garder ! La garder malgré moi, quand elle est tout mon cœur !

LOUVETEAU. — Pas malgré toi, puisque je te la demande : j'arbitre qu'il faut qu'elle m'appartienne. Dans un moment tu seras de mon avis, l'Estimé !

L'ESTIMÉ. — Si tu ne me rends...

LOUVETEAU. — Si je ne te rends ?

L'ESTIMÉ. — Cette chose mienne par toi soustraite, *herclé !* je te conduirai devant le préteur et déposerai une plainte.

LOUVETEAU. — J'ai soustrait une chose tienne ? Comment ? De quoi veux-tu parler ?

L'ESTIMÉ. — T'aimera Juppiter de même que tu l'ignores.

LOUVETEAU. — A moins que tu ne me dises toi-même ce que tu réclames.

L'ESTIMÉ. — Je réclame, te dis-je, cette marmite, cette marmite pleine d'or que tu as dérobée ainsi que tu m'en as fait tantôt l'aveu.

LOUVETEAU. — *Edepol!* Je n'ai rien dit, ni rien fait de pareil.

L'ESTIMÉ. — Tu nies ?

LOUVETEAU. — Et je renie. Et l'or et la marmite je les ignore. Je n'en sais pas le premier mot.

L'ESTIMÉ. — Je parle de cette marmite que tu as déterrée au bois de Silvanus. Rends-la-moi ! Nous couperons la poire en deux. Tu m'as cambriolé. Soit ! Mais au cambrioleur je fais remise de sa peine. *Attat!* Sois gentil. Rends-la-moi !

LOUVETEAU. — N'as-tu pas le timbre un peu fêlé, toi qui me traites de voleur !

Il s'agit, l'Estimé, d'une autre affaire, d'une affaire qui me concerne et dont je te croyais informé. La matière est d'importance : avec toi j'en voudrais sans hâte discourir, pour peu qu'il te plaise m'écouter.

L'ESTIMÉ. — Parle franchement ! Tu n'as pas éventé ce trésor ?

LOUVETEAU. — Franchement, non.

L'ESTIMÉ. — Et tu ne sais pas qui me l'a pris ?

LOUVETEAU. — Franchement et toujours, non.

L'ESTIMÉ. — Mon voleur, si tu venais à le connaître, le dénoncerais-tu ?

LOUVETEAU. — Avec plaisir.

L'ESTIMÉ. — Et, quel que soit le gavache, tu ne prendrais aucune part dans son butin ? Et le recel ? Tu ne le ferais pas ?

LOUVETEAU. — Comptez-y.

L'ESTIMÉ. — Néanmoins, si tu défaillais à ta promesse ?

LOUVETEAU. — Alors, que le grand Juppiter me châtie à son gré ?

L'ESTIMÉ. — Il suffit. Parle maintenant. Que me veux-tu ?

LOUVETEAU. — Si tu n'es pas averti de quelle maison je suis né, apprends que j'ai pour oncle ton voisin, Grand'largesse. Mon père se nommait Antimachus. J'ai pour nom Louveteau et suis fils de madame Honesta.

L'ESTIMÉ. — Parfait ! ton lignage m'est connu. A présent, de quoi retourne-t-il ? Cela, je voudrais le savoir.

LOUVETEAU. — Ecoute-donc. Tu possèdes une fille de toi ?

L'ESTIMÉ. — Sans doute ; même, pour le quart d'heure, elle est à la maison.

LOUVETEAU. — Tu l'as, si je ne me trompe, fiancée à mon oncle ?

L'ESTIMÉ. — Parfaitement exact.

LOUVETEAU. — Sauf respect, mon oncle m'a chargé de te notifier la rupture et qu'il abandonne ce projet.

L'ESTIMÉ. — Une rupture quand la noce est prête ! Quand le repas est sur le feu ! Que les dieux immortels, que les déesses, pour tant qu'il en existe, arrachent les boyaux du misérable ! Car lui seul est cause que j'ai perdu mon bien. Hélas ! Hélas ! infortuné !

LOUVETEAU. — Calme-toi. Prononce des paroles de bénédiction ! Pour le bonheur de ta fille et pour le bonheur tien, répète : AINSI QU'IL PLAISE AUX DIEUX !

L'ESTIMÉ. — AINSI QU'IL PLAISE AUX DIEUX !

LOUVETEAU. — AINSI QU'IL PLAISE AUX DIEUX en ma faveur à moi ! Ecoute donc. Un homme fait pardonner ses fredaines, quand lui-même se réprimande et qu'il dit : j'ai tort ! Donc, l'Estimé, si dans un coup d'affolement j'ai manqué à toi-même, en outrageant ta fille, oublie et pardonne ! Conformément aux lois, mets sa main dans ma main. Oui, pressé par les aiguillons du boire et de l'adolescence, je la vergondai, aux matines de Cérès.

L'ESTIMÉ. — *Hei !* à moi ! de quel forfait oses-tu m'instruire ?

LOUVETEAU. — A quoi bon te douloir ! Te voilà

grand-père aux noces de ta fille. Car elle accouche présentement, les neuf mois révolus. Compte-les sur tes doigts ! Mon oncle la répudie en ma faveur. Entre et, si je dis vrai, tu pourras t'en convaincre.

L'ESTIMÉ. — Je suis foutu ! Disgrâce et contumélie ! Entrons cependant et sachons la vérité.

LOUVETEAU. — JE te suis à l'instant. La chose dans le gué du salut me paraît embarquée. Et Letoton, mon officieux ? Où donc s'est-il fourré ? Je vais l'attendre quelque peu, juste de quoi donner le temps au père noble de faire causer la vieille nourrice, camérière de Phœdra.

SCÈNE XXII

LETOTON, LOUVETEAU

LETOTON. — Dieux, favorables dieux ! quelles et quantes rigolades vous m'avez décernées ! Ma goupline est enceinte ! Elle porte en sa bedaine quarante livres d'or ! Croyez-vous que l'on trouve dans Athènæ un zigue plus rupin que moi, sans compter l'agrément de plaire aux dieux ?

LOUVETEAU. — Qui parle ? J'ai à coup sûr entendu quelqu'un tout près d'ici.

Il aperçoit Louveteau.

LETOTON. — Tiens ! le patron.

LOUVETEAU. — Voilà-t-il pas mon domestique ? Lui-même tout craché.

LETOTON. — Monsieur...

LOUVETEAU. — Letoton...

LETOTON. — Je l'aborde...

LOUVETEAU. — Je vais à lui... Sans doute il aura, d'après mes ordres, causé avec la nourrice de Phœdra.

LETOTON. — Pourquoi ne pas sortir au patron ce que j'ai dégotté ? Ensuite je l'exhorte à me donner la manumission. Une ! deux ! Allons-y, j'ai trouvé...

LOUVETEAU. — Quelle chose ? dis.

LETOTON. — Pas précisément ce qui fait crier aux gosses : « voilà ! voilà ! voilà... » quand ils épluchent la fève.

LOUVETEAU. — Est-ce que tu fais la bête ? Ça ne te change pas.

LETOTON. — Monsieur, prends donc patience. Je te vais débobiner cela. Ecoute.

LOUVETEAU. — Parle donc.

LETOTON. — J'ai déterré aujourd'hui un bas de laine qui n'est pas modeste.

LOUVETEAU. — Où ?

LETOTON. — Une marmite pleine d'or. Quatre livres pesant.

LOUVETEAU. — Quelle histoire ?

LETOTON. — Je l'ai chauffée au papa l'Estimé, notre voisin.

LOUVETEAU. — Où cet or ?

LETOTON. — Chez moi, dans un tabernacle. A présent, je veux que tu m'accordes la manumission.

LOUVETEAU. — Moi t'affranchir, cumulard de toutes les scélératesses ?

.LETOTON — Tout doux ! Monsieur, je sais à quoi m'en tenir. Gentille, n'est-ce pas, ma petite expérience ? Déjà tu t'apprêtais à me faire lâcher prise. Eh bien ! que ferais-tu, si je l'avais dénichée ?

LOUVETEAU. — Trêve de sornettes ! File et rends-moi cet or.

LETOTON. — Que je rende cet or ?

LOUVETEAU. — Sur-le-champ, pour le remettre au vieux.

LETOTON. — Ah ça ! Où veux-tu que je le prenne ?

LOUVETEAU. — Mais, dans le tabernacle où tu l'as mis.

LETOTON. — *Herclé !* Je m'amuse à dire des bêtises. Une blague, et voilà tout.

LOUVETAU. — Tu n'as peut-être pas réfléchi à ce qui t'attend.

LETOTON. — *Herclé !* tu peux me saigner, puisque cela t'amuse : quant à faire venir autre chose de moi (1).

LOUVETAU. — Qu'il te plaise ou non, écartelé aux montants de l'arbre sec et tes animelles variqueuses... Mais je tarde à saisir le gredin par le cou,

(1) Ici commence le raccord d'Urceus Codrus.

à renvoyer son âme aux plaines d'asphodèle ! Rends-tu ? ne rends-tu pas ?

LETOTON. — Je rends.

LOUVETAU. — Rends tout de suite.

LETOTON. — Monsieur, tu vas l'avoir ; cependant trouve bon que je récupère mon haleine. Ah ! Ah ! Mais que veux-tu, maître, que je te donne ?

LOUVETAU. — Tu l'ignores, coquin ! Oserais-tu nier ce que tu disais tout à l'heure et la marmite d'or quatre livres pesant ? *heïa* ! faites venir les porteurs d'étrivières.

LETOTON. — Voudrais-tu m'écouter un instant ?

LOUVETEAU. — Je suis sourd. Hé ! les maîtres donneurs de bastonnade !

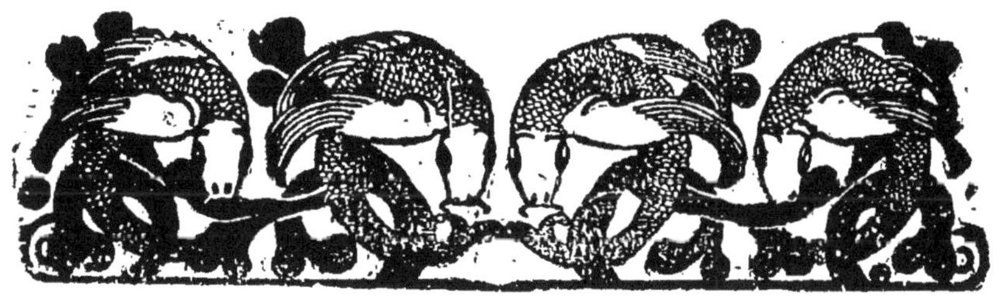

SCÈNE XXIII

LETOTON, LOUVETEAU, LES PORTEURS D'ÉTRIVIÈRES

LES PORTEURS. — Tu nous appelles ?

LOUVETEAU. — Or ça, qu'on prépare des chaînes.

LETOTON. — Ecoute un peu ! Si cela t'amuse, tu pourras ensuite me faire cadenasser.

LOUVETAU. — Entendu, mais garde-toi des longs discours.

LETOTON. — Si tu me fais tourmenter jusqu'à la mort, vois un peu quel sera ton bénéfice. D'abord tu perdras un esclave ; ensuite la chose que tu désires te sera pour toujours inhibée. Ah ! tu m'appâtais avec cette promesse de la tant douce liberté, je me ferais le vassal de tes caprices et tu n'aurais qu'à te louer de mon zèle. Tous, Natura nous enfanta libres ; qui de nous et malgré soi n'aime la liberté ? De tous les maux, le plus affreux n'est-il pas la servitude ?

LOUVETEAU. — Tu ne parles pas avec stupidité.

LETOTON. — Ouïs le reste. Notre âge enfante des hommes trop acharnés au lucre. Pauvres dans l'opulence, je les nomme volontiers des Harpago, des Harpya, des Tantalus, mourant de soif auprès de la fontaine. Nulle richesse ne leur paraît assez grande pour eux, ni celle de Midas, ni celle de Crœsus. Non, les trésors des Perses eux-mêmes ne sauraient assouvir leur jabot tartaréen. Les maîtres en usent vis-à-vis de leurs esclaves d'une façon inique et les esclaves le leur rendent bien. Dans les deux camps, on s'abomine. Office, buffet, cellier, crédence, tout est fermé à triple cadenas par des mornes grigous. Ils refusent le nécessaire à leurs enfants, mais le domestique les vole en incagant leurs clefs en trousseaux. Les fers, les croix, bagatelle ! Tenez pour certain qu'ils n'avoueront jamais. Rapine et discrétion ! D'être captifs, les fripouilles se dédommagent de leur mieux ; ils guoguenardent et s'administrent du bon temps. Conclusion : la liberté fait les meilleurs esclaves.

LOUVETEAU. — Bien raisonné, mais tu n'es pas économe de paroles ainsi que tu l'avais promis... Voyons. Si je te donne la manumission, me rendras-tu...

LETOTON. — Je la rendrai ; mais j'exige des témoins. Excuse, patron, car je n'ai pas la moindre confiance en toi.

LOUVETEAU. — A ton gré ; fais venir un cent de témoins, j'y souscris volontiers.

LETOTON. — Grand'largesse, Honesta, venez, de grâce ! venez donc, vous rentrerez dès que la chose sera parfaite.

SCÈNE XXIV

LETOTON, LOUVETEAU, GRAND'LARGESSE, MADAME HONESTA.

GRAND'LARGESSE. — Qui nous appelle ? Me voici, Louveteau.

MADAME HONESTA. — Me voici, Letoton. Qu'est-ce ? Parlez.

LOUVETEAU. — Le chapitre sera court.

GRAND'LARGESSE. — Déduis-nous cette affaire.

LETOTON. — Soyez témoin ! Si je ramène ici une marmite pleine d'or quatre livres pesant, si je la remets à Louveteau, il m'affranchit et me voilà mon maître. Tu t'engages ?

LOUVETEAU. — Absolument.

LETOTON. — Vous l'entendez ?

GRAND'LARGESSE. — Oui.

LETOTON. — Jure par Jovis.

LOUVETEAU. — A quoi me réduit la peine du prochain ! C'est par trop d'insolence ! Pourtant il faut s'exécuter.

LETOTON. — Heus ! notre siècle ne porte pas de moissons de bonne foi. On libelle des actes. On a douze témoins : le scribe spécifie et le temps et le lieu. Ce qui n'empêche pas que l'on trouve un rhéteur pour nier la chose impudemment.

LOULETEAU. — Or ça, dépêchons-nous.

LEOTON. — Heus ! prends ce caillou.

LOUVETEAU. — SI JE TE MANQUE PAR FALLACE QUE JUPITER, — SAUFS LES BASTIONS ET LA CITÉ, — *me* REJETTE COMME JE FAIS DE CE CAILLOU. Eh bien ? Es-tu content ?

LETOTON. — Tout à fait. Je vais apporter l'or.

LOUVETEAU, — Cours d'un vol pégaséen ! Bois la route et viens ici.

Sort Letoton.

SCÈNE XXV

LOUVETEAU LETOTON, GRAND'LARGESSE, L'ESTIMÉ, MADAME HONESTA.

LOUVETEAU. — Qu'un larbin discoureur est une sotte chose quand il veut avoir plus d'esprit que vous et moi ! Peste de l'affranchi Letoton ! Qu'il apporte néanmoins le trésor du père l'Estimé. Je veux étancher ses larmes au bonhomme et le rendre à la vie et le mettre en goguettes pour qu'il m'octroie sa fille dont un fils couronne élégamment aujourd'hui la parturition (*saluant le public*) de quoi je suis l'auteur. Mais voici la chose, Letoton chargé comme un bardeau. Il apporte, en effet, la bienheureuse marmite.

Rentre Letoton. Il tient comme un enfant la marmite entre ses bras.

LETOTON. — Louveteau, je te ramène ici une marmite pleine d'or quatre livres pesantes. Ai-je tardé ?

LOUVETEAU. — Hourrah ! que vois-je ici ? Dieu juste ! Quel trésor ! Deux, trois et quatre fois six cents *philippus* d'or ! L'Estimé ! L'Estimé ! L'Estimé !

GRAND'LARFESSE. — L'Estimé ! L'Estimé.

L'ESTIMÉ. — Quoi ? Que me voulez-vous ? Quoi ?

LOUVETEAU. — Descends au plus vite. Les dieux sont avec toi, nous avons la marmite.

L'ESTIMÉ. — Est-il vrai ? N'est-ce point un jeu ?

LOUVETAU. — Nous l'avons. Cours !

L'ESTIMÉ. — O grand Juppiter ! O Lar ! et toi Juno ! Alcides qui retrouves les objets perdus. Vous avez pris pitié d'une victime en cheveux blancs. Oh ! que bienheureux, marmite, que bienheureux ton vieil ami ! Je te presse dans mes bras. Je m'enivre de tes baisers. Mille baisers de toi ne peuvent me suffire. O vie ! O cœur ! Tombe le deuil en poussière !

LOUVETEAU. — J'estime de vieille date que pour les enfants, les hommes et les vieillards, faute d'argent est la pire douleur. La misère induit l'éphèbe à se coucher, l'homme à escroquer, le vieux à mendigotter. Mais il est plus triste encore — je le vois à présent — d'avoir de la pécune fort au delà de ses besoins. Quelles amertumes la perte de son or causait à l'Estimé !

L'ESTIMÉ. — A qui rendrai-je les actions de grâces

méritées ? Aux dieux qui respectent les bons ? A mes amis ? En détail ou collectivement ? Oui, à tous. Et toi d'abord, Louveteau, l'instigateur d'un si grand bien, je te guerdonne de la marmite. Accepte de bon cœur. Je veux qu'elle t'appartienne. Et prends ma fille aussi, car tel est mon désir, je te l'atteste devant ton oncle Grand'largesse et ta mère, la très estimable Honesta.

LOUVETEAU. — Beau-père souhaité, compte sur ma légitime gratitude.

L'ESTIMÉ. — Prouve-la. Reçois mon cadeau nuptial et ton beau-père avec lui.

LOUVETEAU. — J'accepte. Que dorénavant mon foyer soit le tien.

LETOTON. — Il reste quelque chose à faire. Souviens-toi de m'affranchir.

LOUVETEAU. — Tu m'admonestes justement. En récompense de tes vertus, sois libre, Letoton, mais sans oublier pourtant de remettre au feu la cuisine interrompue.

Au cours des précédentes répliques, l'Estimé a prélevé sur la Marmite un écu d'or qu'il offre à Letoton. Celui-ci regarde avec étonnement la pièce de monnaie et la fait reluire au soleil, puis se résout à l'empocher.

LETOTON. — Spectateurs, le ladre est tout à coup devenu magnifique. Imitez son exemple. Faites-nous la largesse et, si vous avez ri, Seigneurs, applaudissez.

1er septembre-7 novembre 1907.

SAINT-AMAND (CHER). — IMPRIMERIE BUSSIÈRE.

SAINT-AMAND (CHER). — IMPRIMERIE BUSSIÈRE.

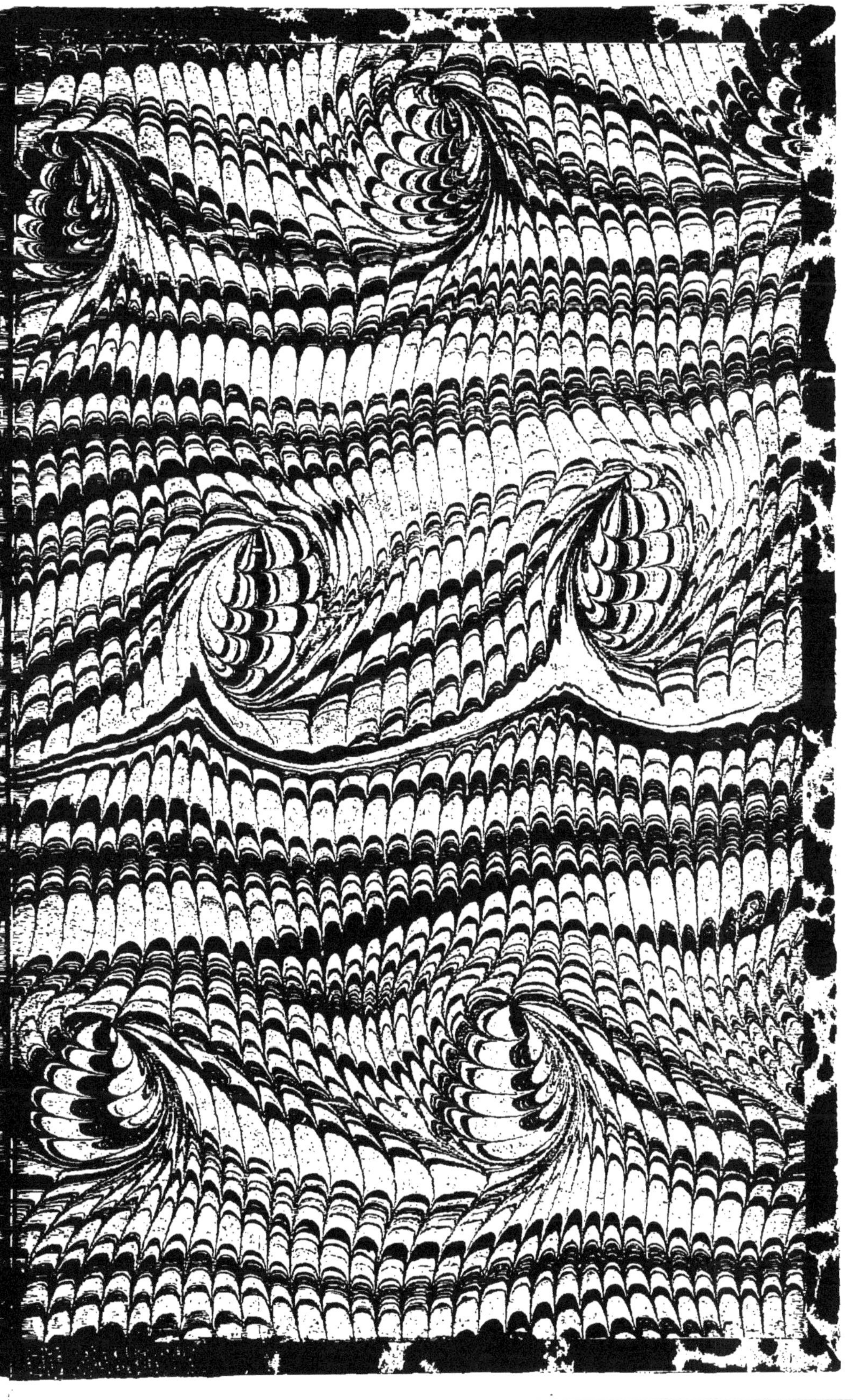

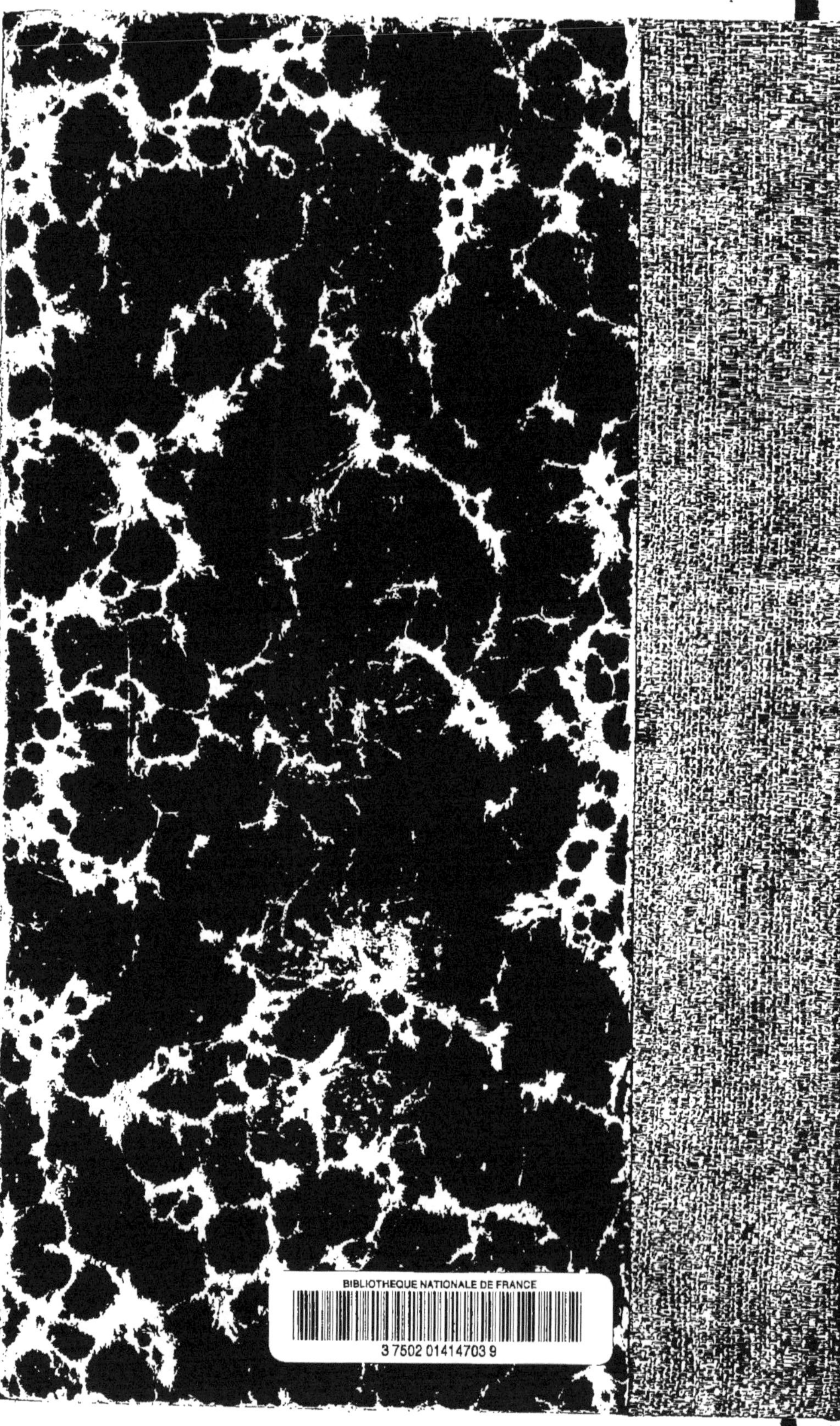
BIBLIOTHEQUE NATIONALE DE FRANCE
3 7502 01414703 9

www.ingramcontent.com/pod-product-compliance
Ingram Content Group UK Ltd.
Pitfield, Milton Keynes, MK11 3LW, UK
UKHW021047230726
13926UKWH00004B/1697

9 782013 627443